Bugie private
Storie vere con del sesso attorno

di SadAbe

a Giovanni Choukhadarian

Non puoi amare un uomo o una donna
se prima non li hai inventati,
non puoi amare l'altro
senza averlo in primo luogo inventato,
immaginato,
perché una bella storia d'amore
è fatta innanzitutto
da due esseri che si inventano,
che rendono accettabile,
addirittura indispensabile,
il lato reale come punto di partenza.

Romain Gary, *La notte sarà calma*

MIA COGNATA

Ecco chi era la ladra di accendini. Beccata con le mani nel sacco. Non dissi niente sebbene i furti fossero iniziati proprio da quando Maria, fumatrice di sottili e amare sigarette brune, era entrata nella nostra casa affiliandosi al clan come moglie di mio fratello Alberto.

Come sempre mi succedeva guardando il culo di mia cognata, tra l'altro il solo elemento accogliente che quel giorno girasse per casa, mi domandai come avesse fatto mio fratello a sposarla, o meglio come lei, con tutte quelle succulente specialità messe al punto giusto, si fosse sposata con lui: Alberto detto "il breve". Alto, complessivamente bellissimo, tanti capelli, amato da mamma e soprattutto da papà, ma che spara a salve, che si sgonfia come un palloncino, che a letto dura un cazzo.

Non fu per sua ammissione che seppi di quel difetto di fabbrica, dovuto forse al fatto di essere stato concepito durante gli scrutini dei miei, forse al termine di una giornata di collegio docenti, a dirmelo furono proprio le sue ex: «Sì, sì, al cinema ci vengo, ma non è che poi pure tu batti in ritirata sul più bello?». Franca, teste numero uno e barista in piazza, succhiando con lascivia il cucchiaino con cui aveva girato il mio caffè. «E se poi mi lasci a secco senza nemmeno scusarti e fai come Alberto che manco viene più qui a comprare il pane?». Serena, commessa del minimarket, due sise da fare invidia ai provoloni appesi nel reparto gastronomia, spiccia e diretta come se mi stesse dando indicazioni sui prodotti in vendita. «See see…» Sabrina, terzo teste generoso di particolari, mentre protetta dal vetro del desk passava le bollette di gas e luce nella stampante ad aghi «che poi non è che tuo fratello sia sfornito eh, anzi, ma gli si ammoscia a tempo di record quando si arriva al punto, che, se vogliamo, è pure peggio. Che poi te ne rimani lì come una cojona e ti tocca pure consolarlo. Sai che serata?». E allora come poteva stare con lui quel tocco di femmina, e ladra, che adesso si dondolava sulla sedia con aria innocente?

Ma fu proprio verso Alberto che, nell'immobilismo della stanza da pranzo, Maria lanciò un'occhiata complice, prima d'infilarsi il corpo del reato nella scollatura dell'abitino tra i seni arrossati dal sole. La sua fede nuziale illuminò la stanza dalle persiane chiuse per via dell'afa di un mezzodì ferragostano e rumoroso di Ardea, ridente comune della città metropolitana di Roma Capitale dove noi viviamo e trascorriamo anche le vacanze estive. Alla ladra, come premio per l'eroico furto, Alberto restituì un bacio volante.

Dunque, lui sapeva. Anzi, era suo complice. No, peggio, era la mente, lui che da due anni sottraeva accendini al clan famigliare per mano della sua donna. Alberto aveva tradito.

Maria abbandonò la sedia e seguì mamma in cucina. Io presi il telecomando che fino a un attimo prima aveva tenuto in mano, come se le sue impronte ancora fresche sull'algida plastica avessero potuto fornirmi indicazioni più salienti su di lei. La immaginai terribilmente frustrata al termine di una giornata di correzione dei compiti, mentre si masturba sotto la doccia, o in cucina che si fa fottere in tutta fretta dalla melanzana più grossa, prima di tagliarla e gettarla nell'olio bollente, prima d'insaporirla, di metterla in forno e di portarla qui.

Mio padre, che tastava qua e là sulla tavola alla ricerca dell'accendino, interruppe la mia fantasia uscendosene con la storia di Titti, la mia ex.

«Che adesso quella bella ragazza è pure entrata di ruolo, me l'ha detto un collega». Nonostante il disinteresse dimostrato da me e mio fratello continuò ridendosela: «Soltanto un cretino come te poteva lasciarsela scappare».

È dal giorno della mia laurea che papà mi chiama cretino. Non mi chiama mai per nome. Anzi, credo se lo sia proprio dimenticato: cretino, apri il portone; cretino, passami il pane; cretino, vedi che oggi piove, metti l'impermeabile; bello questo panorama, eh, cretino? Neppure quel giorno ribattei, non mi andava di fare discussioni davanti a Maria e non mi potevo certamente giustificare dicendo che Titti ha i piedi freddi, che lo prende in bocca con lo stesso entusiasmo come se le proponessi di guardare con me una partita di campionato e si rifiuta di darmi il culo. Per mio padre, poi, il culo non ha nessuna importanza, o ne ha comunque meno di un altro stipendio fisso in famiglia.

Chissà come si faceva prima di tutti questi social a schivare sermoni del genere. Io non me lo ricordo, so soltanto che in quel momento benedii Martin Cooper e Zuckerberg che mi permisero di mettere in secondo piano la voce papà e di visitare il profilo di Titti che, a guardarla lì, con quella quarta di tette bene in vista e la bocca che rimanda a una fica carnosa, mentre sulla spiaggia di Maccarese si selfa con il nuovo manzo, non lo diresti mai che è un'intransigente prof di matematica e che a letto è più fredda di un ghiacciolo. Comunque, un forte rodimento di culo per la faccia soddisfatta che mostrava il tizio che adesso se la scopava, seppure con la luce spenta, mi salì alla gola. Titti era proprio una bella fighetta bionda, onesta e intelligente. E adesso era anche entrata di ruolo. Mi versai due dita di vino che mandai giù con una manciata di fiele e fusaglie sotto lo sguardo soddisfatto di papà.

Tornarono Maria e mamma. La prima portava in trionfo la parmigiana di melanzane, appunto, e l'altra il tagliere con le carni. Papà batté le mani ma l'applauso fu inghiottito dalla nostra generale noncuranza. Fui subito distratto dalla profana sensualità di Maria: le guance arrossate dal calore del forno, i seni roridi che facevano da fondale montano alla crosta fumante della parmigiana. Piuttosto un paesaggio marziano. Quello spettacolo mi dette un motivo in più per rimpiangere di non essere diventato astronauta.

Me la sarei fatta lì, esattamente lì dove si trovava; avrei subito liberato il tavolo gettando all'aria ogni cosa per poi adagiarla sulla tovaglia della festa, avrei aperto le sue gambe consenzienti e mi sarei gettato sopra di lei per leccarla tutta quanta assieme alla mozzarella filante; con basilico e menta avrei insaporito i suoi seni, ciucciato capezzoli e melanzane, raccolto abbondante sugo tra le sue fessure, ovunque si fosse insinuato. Un'orgia di carni sode e sapidità estiva.

Maria sparì di nuovo dietro mia madre.

Mica era finita lì.

Mamma cucinava come quando erano vivi i nonni che per le feste riunivano l'intera famiglia, oggi divisa da puerili livori e liti.

Papà si rimise a caccia dell'accendino scomodando una buona quantità di santi, Alberto postava su Instagram scorci della tavolata e inviava auguri di Ferragosto, io scorrevo il profilo di Maria su Facebook: qualche foto sua e di Alberto, di cani abbandonati, articoli sulla scuola e sul riscaldamento globale. In sottofondo ancora la tv e stavolta la voce querula di papà che commentava la tv. Tutto normale. Come ogni Ferragosto. Anche il quinto elemento femminile c'è sempre stato in casa nostra in occasione di feste comandate, matrimoni o funerali. Tra me e Alberto ne abbiamo portate a casa diverse, troppe, ma, nonostante anch'io abbia superato i quaranta, mamma continua a cascarci, a credere che quella: Titti, Anna Luna, Letizia, Giada, sarà la donna giusta per me, facendosi del male, lavorando di fantasia su cerimonie e nascite. Neppure il cinismo matematico di papà, la mia allergia ai rapporti duraturi, o il dato di fatto che Alberto e Maria non vogliano figli, riesce a distoglierla da quel sogno: la vita che prosegue, il ricordo di sé conservato con cura in un album di fotografie, i sacrifici che non sono stati inutili, in sostanza nugoli di nipoti urlanti attorno alla tavolata che invece, anche quel giorno, si presentava mesta e silenziosa. Noi tre maschi attorno al tavolo. Muti. Come tre che s'ignorano. E neppure un cane, un gatto.

Il frigo stracarico ansimò in cucina, poi, mia madre: «Albè, vedi se l'acqua basta, altrimenti scendi in cantina».

Alberto si mosse svogliatamente. Io lo guardavo tergiversare con le scarpe, bello dai piedi alla punta dei capelli, sempre troppi per una capoccia sola, sempre biondi d'estate, proprio come a sedici anni, quando lui faceva furore con le ragazze e io, su di loro, sui loro pompini con ingoio, su tutte le storie luride che riuscivo a origliare, o a supporre dalle battute di mio fratello, mi facevo milioni di seghe in cantina dove, dietro l'instabile libreria stipata di *Storia Illustrata* e *Diabolik*, nascondevo fazzolettini di carta e riviste porno, sigarette e accendini e poi negli anni erba e fumo, alcol, insomma tutta la roba proibita che un liceale poteva portarsi a casa. Mi ripromisi di scendere per vedere se lì dietro fosse rimasto qualcosa, una vecchia reliquia tossica così da ravvivare la giornata, che mi facesse crollare sul letto e svegliarmi il giorno appresso.

Poi la stanza s'illuminò di nuovo della presenza di mia cognata e della vertigine che portava con sé, con quell'abitino e i piedi scalzi che producevano un calpestio vivacemente erotico. Si mise in un canto a smanettare col cellulare, un piede appoggiato al muro, gli occhi ridenti illuminati dal display. Mamma ciabattava tra cucina e sala. Tornò dalla cantina anche Alberto con il carico di minerale, disse di aver visto dabbasso un vecchio frisbee e mi sfidò per una partita. Io accettai di buon grado sapendo già che non l'avremmo mai giocata.

In quella confusione di olive e fritti perdetti di vista Maria. Occhieggiai verso la cucina e la vidi con Alberto. Ridevano, parlottavano di cose di cui mi sentii terribilmente geloso. A un certo punto lui le poggiò le mani sui fianchi e poi scese giù. Dovetti distogliere lo sguardo al doppio palpeggio di chiappe: scherzoso, villano, indecente. Perché invece Maria merita di più. Per quel culo rotondo e sfacciato ci vuole una carezza a mano larga, generose spennellate circolari alternate da brevi e brucianti pizzicotti, così che sobbalzi tutta, fino ai seni burrosi, ai capelli corti e ricci, al viso paffuto.

A differenza di altre donne, lei, dopo il matrimonio, non è cambiata in niente. Ne ho viste allargarsi, accorciarsi, raparsi, vestirsi come mia nonna, convertirsi viceversa al puttanesimo e farsi tutti gli amici del marito, me compreso. Maria no. L'unico cambiamento è stato di abbandonare il flamenco. Per il resto sembra essersi cristallizzata in quel mattino di giugno che la vide sposa nella chiesa di San Giorgio Martire, quando entrò dal portale al braccio del padre e io non potei fare a meno d'immaginarla nuda.

Quando i due piccioncini tornarono dalla cucina e sedettero a tavola tutti applaudimmo.

Papà prese il fiasco di bianco laziale e riempì i bicchieri fino all'orlo. Mamma lo riprese come fa da quando ho memoria. Alzammo i calici e sembrammo tutti un po' più felici.

Dopo aver distribuito sulla tavola diversi piatti con affettati, formaggi e un'abbondanza di fritti che avrem-

17

mo dovuto consumare nei giorni a venire e fino al collasso epatico, mia madre investì la nuora del compito, mai affidato a nessun'altra, del taglio della carne. Le porse mannaia, martello e coltellaccio, poi indicò me come addetto alla cottura e finalmente sedette a tavola borbottando.

Il fuoco ardeva nel modernissimo braciere *no smoke* che aveva sostituito da pochi mesi il più nazional popolare forno a legna, causa di stragi domenicali per futili motivi tra vicini di casa. Papà aveva sistemato quel ritrovato d'ingegneria al centro dell'angusto giardino posteriore (che a chiamarlo giardino fa un po' ridere) proprio davanti alla sala da pranzo e nonostante mia madre: «Vedi che poi il fumo entra in casa». Punto nell'onore, papà, anche lui poco fiducioso sulla resa dell'acquisto, aveva piazzato un ventilatore proprio sulla porta, diretto verso l'esterno.

Così, adesso, il ventilatore scompigliava i capelli di Maria che, dietro il tavolaccio, sistemava sul marmo un grosso pezzo di manzo, e non solo, perché nonostante la botta di vino a stomaco vuoto mi avesse completamente confuso, notai che quella brezza, lì all'ombra dell'efficientissima vela, aveva fatto addrizzare la rada peluria delle braccia di mia cognata e sotto l'abitino leggero e aderente pure i capezzoli.

Feci un passo indietro per vederla meglio. Maria ha caviglie sottili e polpacci appena pronunciati, i piedi sulle ventitré e le spalle eccessivamente dritte.

«Ci sono altre priorità, adesso, perciò non ballo più» mi disse un giorno che l'avevo accompagnata a scuola perché la sua auto era in panne e io avevo due ore di buco tra due compiti in classe di latino. Lo disse senza ombra di rimpianto, come un dato di fatto, lisciandosi poi la gonna con le mani lunghe e curate, guardandosi intorno distrattamente, soltanto per far passare il tempo. Maria è una di quelle donne che se non ha niente da dire, non parla, che non sente la necessità di saturare l'aria di suoni.

Già quel mattino mi venne voglia di baciarla. Invece mi adagiai vigliaccamente sullo schienale della mia Opel Corsa di quarta mano, rassegnandomi a contemplare la sua bocca, il bianco dei denti e il rosa vivace della lingua che di tanto in tanto si mostrava, timida e sollecita, per umettarla.

Mi bastò immaginare la caccia che avrei dato a quella linguetta dispettosa, la voracità di quella bocca che andava in cerca del mio cazzo, perché quel Ferragosto, lì dietro al braciere, anche la mia pelle diventasse ipersensibile, e non soltanto sulle braccia.

Fu papà che dal buio della sala da pranzo ruppe l'incanto: «Cretino, che stai aspettando? Nemmeno due bistecche sai cuocere».

Sentii mamma dire qualcosa in mia difesa e Alberto ridere: Alberto il breve, Alberto con una moglie con lo stipendio e con quel culo. Ed era anche sensibile, Maria, giacché per non essere coinvolta in quel meccanismo di consorteria famigliare, restò piegata sulla carne a spennellare e massaggiare per il piacere di chi le stava davanti, a favore del suo bel decolté.

«Sorry…», passai dietro di lei alzando le braccia, per non sfiorarla mi feci sottile e arretrai tanto da sentire la pietra del vecchio forno a legna raschiare la mia nuovissima cintura, e la camicia. Più indietro di così non potevo andare ma, cazzo, ecco il suo culo: una rotondità morbida e ottimamente sostenuta, un dolce e caldissimo declivio, poi un abisso sul cui orlo mi fermai e una nuova risalita, erta, assai più faticosa adesso che il mio bastone aveva provato quella sublime attrazione.

Sì, in pochi attimi, millesimi, la mia cappella aveva percepito tutto questo.

Mi rifugiai dietro la fontana e mi sentii finalmente in salvo, lontano dagli sguardi degli altri e da quello di Maria, che in quel momento temevo più di tutti. Mi bagnai il viso, poi esagerai e mi sfilai la camicia mettendo in mostra il risultato di una vita in palestra: una tartaruga da far impallidire quelle della fontana al ghetto di Roma. Dalla sala da pranzo giunse un plateale sbadiglio di mio padre.

Sebbene così sfacciato, quindi villano, non è raro che l'acidulo prof prossimo alla pensione usi sbadigliare rumorosamente per comunicare alla platea che si sta annoiando. Spesso in classe, con metodologia fascista, mentre il poveretto cerca inutilmente di non morire a quelle sue espressioni di chiaro disprezzo, ma può capitare anche al cinema, a teatro, a un battesimo come a una festa di nozze. I funerali, viceversa, lo gettano in uno stato d'inquietudine tale che non potrebbe sbadigliare nemmeno volendo.

A torso nudo e gonfio sotto il pantalone nonostante mio padre tornai al braciere, mossi ancora un po' la carne e portai in tavola il primo vassoio già guarnito dalle dolci mani di Maria da quarti di limone. Lo misi sotto il naso di mio padre: «Tiè, assaggia». La sfida nel mio sguardo non si spense davanti al suo scherno. Per me, nessun applauso.

Mi servii la mia porzione di carne.

Maria, che era entrata nel mio campo visivo cancellando ogni amarezza, mi fece cenno di aggiungere qualcosa anche per lei, così da mangiarla assieme lì al braciere, poi si avvicinò a mio fratello e lo baciò sulle labbra, mentre mostrava a me, proprio a me lì in piedi con il piatto in mano, un'espressione di puro desiderio.

Bocca sulla bocca di Alberto mi aveva guardato e aveva assottigliato gli occhi.

Era un segno chiarissimo. Alcune lo fanno. Perché condivisione del piatto e sguardo complice significavano: bacio lui ma è te che voglio.

Tornai al braciere in stato di allerta. Maria era quindi ladra di accendini e grandissima troia. Ma fece di più. Quando mi raggiunse, avvicinandosi tanto così, prese la bistecca dalla parte dell'osso e l'addentò, a ogni morso mi mostrava gli incisivi imperfetti e mi guardava stringendo gli occhi. Strappava e guardava. Quell'intensità diceva una cosa sola: è con questo appetito che te lo succhierò.

Di nuovo dovetti passarle dietro. Maria adesso bucava salsicce. Di nuovo alzai le braccia, stavolta mi graffiai la pelle. E quel supplizio, la pietra tagliente del forno su dorsali e fianchi, mi diede il colpo di grazia. Dritto dritto, sotto il pantalone di lino, il muscolo sfiorava di nuovo il culo di mia cognata. Ma accadde di più, perché furono le sue chiappe sode a offrirsi, lambendolo con un movimento quasi impercettibile: oddio dove sono? Cos'è questa calda custodia di pelle che mi si stringe attorno e che m'invita a dare un impercettibile colpo di reni?

Per fortuna loro erano distratti. Papà alzava la voce con Alberto sulla questione benefici e rischi dell'acquisto di un'auto usata.

Io abbassai lo sguardo. La vergognosa polluzione era evidentissima. Il principio del desiderio, l'acquolina del cazzo bagnava il mio pantalone bianco. Mi voltai verso la fontanella. Mi chinai sotto il getto in modo da nascondere quell'alone vergognoso tra gli altri schizzi. Mio padre sbadigliò di nuovo e nello sbadiglio infilò un umiliante: «Vedi se quel cretino di tuo figlio si da una mossa o deve continuare a fare la doccia».

Maria guardava giù ma rideva.

Non sapevo se per quel mio desiderio evidente o per mio padre.

«Pà? Paolo?».

Alzai lo sguardo da un *Frigidaire* d'epoca e la vidi sulla soglia della cantina. Le braccia conserte, il viso in penombra. Si dondolò sui piedi nudi. Si portò due dita alla bocca.

«È bello fresco qui, eh?». Si frizionò le braccia, si alzò sulle punte come per spiccare in volo e si riabbassò.

«Che ci fai qui?» domandai fremente e incredulo.

La cantina, gli specchi adagiati sulle sue gelide mura e poi i legni di panche e mobilia e i vecchi dischi, e le scatole, a decine... mi restituì il suo risolino. Eppure l'aria immobile del primo pomeriggio era satura di pineta, di frinii assordanti, com'ero riuscito a sentire quel riso lieve, quasi un moto dell'anima? Mi parve anche di vederla brillare, la mia bella cognata, forse a causa dell'effetto chimico che acqua e aria e muffe creavano attorno al suo corpo, come un alone di luce.

«E Alberto?».

«Ti cercavo».

Credo che anche lei avesse sentito che il mio cuore si era fermato.

«Dormono?». Balbettai.

«Dormono» sorrise, spostò l'indice sotto il mento e continuò, fissando un grande cesto pieno di gomitoli di lana e di ferri: «Alberto dorme pesante. Lo sai, dopo un paio di bicchieri va lungo quello scimmione. Mamma è crollata in cucina. Porella…» disse sempre guardandosi intorno.

M'ingelosii anche di quel nomignolo. Avrei dato qualsiasi cosa per sentirmi chiamare scimmione da lei. Si addentrò nella cantina e si fermò davanti alla libreria, scelse un paio di giornaletti scorrendo il dito sulle costole consumate e fermandolo a caso. Dalla mia posizione vedevo i suoi piedi selvaggi niente affatto impazienti di muoversi da lì e di venirmi accanto.

«Allora, sei scesa per i giornaletti? Se mi davi una voce, te li portavo io. Sei scesa per quelli, no?». Sondai.

Ci pensò, guardò i giornaletti che teneva in mano. Poi i suoi piedi si mossero fino a me, proprio davanti a me. Abbandonò le braccia sui fianchi, lasciò cadere i *Diabolik* e divaricò appena le gambe, ma rimase lì, ferma, l'orlo del suo abito immobile davanti alla mia faccia. Dovevo attaccare? Dovevo afferrarla? Cingere le sue gambe, inginocchiarmi e infilarmi sotto la sua veste e poi su fino allo slip di cotone che, già sapevo, le finiva un po' tra le chiappe e un po' tra le labbra della fica mora, ordinata e depilata giusto a misura di costume, come avevo notato quel mattino: spostare poi lo slip con due dita e perlustrare la sua fessura? Dovevo alzarmi, metterle le mani sui fianchi e portarla a me? E se invece nulla di quello che sentivo fosse stato vero? Tensione, complicità, voglia pazzesca? Tutte invenzioni. Perché no. Pensai nel tumulto. Poteva capitare a un professore di lettere antiche, privo di sogni e ambizioni, di galoppare con la fantasia ogni tanto, poi con quell'afa, la storia di Titti che mio padre era andato a rivangare.

Vigliaccamente mi frenai e sperai in un gesto di pietà, ossia che fosse Maria a chinarsi su di me per baciarmi, irretirmi. Almeno, nel caso in cui fratello, padre e madre, si fossero materializzati sulla porta della cantina, separatamente o assieme come in un incubo, sarei stato salvo: io sotto e lei sopra non è mai colpa del maschio, si dice. E poi io sono il cretino di casa. Come potrebbe un cretino laureato senza lode e che si è lasciato scappare quel bocconcino di Titti, pensare di scoparsi la moglie di suo fratello? Di Alberto, poi. Quel gran figo.

«Ti cercavo». Ripeté mia cognata. Mosse un piede in direzione del cavallo dei miei pantaloni. Poi si fermò, notai che guardava sopra la mia testa, sopra il comò di nonna che portava le tracce del passaggio di me e Alberto bambini, un taglio irregolare proprio al centro del legno ormai inaridito dall'arsura del tempo. Povera Maria, anche le sue belle forme sarebbero presto smunte senza una cura costante di carezze, buffetti, pizzicotti. Baci. Perché più di tutto, più che il suo culo generoso e i suoi seni, o la sua fica, io volevo la sua bocca. Ma dovevo soltanto prendermela, mi sarebbe bastato issarmi sulle gambe per arrivare alle sue labbra senza che lei potesse opporre resistenza. Eppure non mi mossi. Rimasi immobile, muto, completamente frastornato dal desiderio.

Di sopra sentii dei rumori. Un bacio sì, un bacio fulmineo e abissale, di quelli che ti resta la voglia per sempre. Così mi alzai, pronto a cingerle i fianchi carnosi.

«Oh, bravo Paolé che ti sei alzato». Esclamò con voce allegra.

Inaspettatamente Maria si tese tutta, dai piedi fino all'indice tatuato da un cuore, verso la pila di scatole dietro la piccola libreria.

«Dai, prendimi il Monopoli, che sta proprio in cima e io non ci arrivo, magari 'sta giornata ci passa prima». Si spostò i capelli dal viso con un soffio potente, del tutto incurante della mia delusione.

Il Monopoli.

Ecco cosa cercava.

Per scacciare la noia di quella giornata.

Quindi, non c'era stata nessuna emozione, nessuna scintilla, nessuno sguardo né promessa sottintesa. Tutto un sogno. Tutta una pippa tra me e me. Come sempre.

Annichilito, impreparato a quel finale e rassegnato a darmi del cretino a vita, accontentai la richiesta di mia cognata. Rimasi in piedi mentre lei si voltava per uscire. La guardai allontanarsi leggera. Si fermò sulla soglia e rimase di profilo. Mi parve volesse dire qualcosa.

SVEVA

al fratello di jazz, brother, Paolo Rubei

Il profilo di Sveva si stagliava sulla valle.

Avevamo chiesto la stessa stanza delle volte precedenti, quando a luglio andavamo a sentire il festival jazz. Stavolta, però, l'albergo era deserto, buio e silenzioso.

«Che casino» mi disse a un certo punto con la voce impastata di sesso, rimanendo immobile sul letto, una sagoma curvilinea tra le colline di Montalcino al tramonto.

«Lo so, è un vero casino. E se pensi che Loredana è al sesto mese…».

«Perché non me lo hai detto?» voltandosi, guardandomi con quell'ostilità che ben conoscevo.

«Che cosa avrei risolto se te l'avessi detto! Sei il mio incubo, tu sei il mio incubo. Sapevo che non sarebbe stato questo lieto evento a cambiare le cose». Angoloso, acuto.

Le avevo chiesto di vederci proprio perché la mia compagna era incinta e io ero in dirittura d'arrivo alla direzione dell'istituto di credito, per dirle che non c'era più spazio nella mia vita per le sue affascinanti trappole mentali. Questo, volevo.

«Perché non la chiami? Sei fuori da stamattina».

«Non c'è bisogno».

«Devi, ma non vuoi?». Lo sguardo sottile, indagatore, la voce di miele.

«No, lei ha piena fiducia in me».

«Cos'è questo tono? Forse io non avevo fiducia in te?».

Sorrise, conosceva la risposta. Si mise seduta, le ginocchia appuntite strette al petto. Io accostai la bocca alla sua pelle che sapeva anche di me. Lei si abbassò e iniziò a baciarlo, quello si ridestò manco avessi avuto vent'anni, Sveva quindi ci giocò e io le restituii il favore, lei mi montò sopra per un po', finché non le fecero male le cosce, quindi si sdraiò, lo facemmo stando sul fianco, poi lei sotto, poi lei prona ma sdraiata, poi sempre prona ma in ginocchio, poi sul bordo del letto lei ancora prona ma con i piedi appoggiati sulla fredda pietra del pavimento.

Era la terza volta che facevamo l'amore. Non noi, che eravamo troppo stanchi e affamati, e ostili, ma i nostri corpi. Le nostre mani, le bocche, le gambe. Erano loro che agivano sebbene le carni fossero dolenti, i muscoli, la voce. L'ennesima prova che il nostro era un legame chimico, per cui inevitabile.

Quella con Sveva era una predestinazione infausta, una maledizione, come diceva mia madre vedendo su di me i chiari i segni del suo passaggio. Perché io e Sveva ci odiavamo. Nonostante avessimo in comune due figli, idee politiche, interessi sportivi e culturali, avevamo un rapporto inevitabilmente distruttivo. Proprio come nel film *La Guerra dei Roses*, quello con Michael Douglas e Kathleen Turner, che per tutto il film tu fai il tifo perché quei due pazzi ritornino insieme, perché lo senti che si amano, perché due che si odiano tanto non possono non amarsi, e invece no, e invece va tutto in vacca.

Quel film io e Sveva lo avevamo visto assieme diverse volte. E ogni volta la serata era finita in lite. Un giorno, ricordo che fuori pioveva e io mi stavo vestendo per andare in banca, sempre a causa di un motivo così irrilevante che non lo ricordo, Sveva fracassò il Rolex di mio padre. Io non avevo fatto niente per fermarla. Cosciente del rischio che correvo, ma curioso di vedere fin dove sarebbe arrivata, rimasi a guardarla mentre se lo metteva sotto il tacco e ascoltai impotente il frangersi dell'orologio e del mio cuore. Forse l'amavo così perché riusciva sempre a sorprendermi. Assieme eravamo in grado di raggiungere le più alte vette dell'odio, di meditare le vendette più originali e dolorose. Non sarei mai arrivato ad avvelenarle il cane, anche lui una povera vittima del suo carattere ondivago, ma il risultato della nostra relazione fu così disastroso, che a sei anni dal giorno delle nozze, più nessuno della nostra cerchia di amici ci invitò a cena. La nostra presenza era in grado di trasformare anche una silenziosa sala cinematografica in un campo di battaglia.

Fu quando scoprii i suoi numerosi tradimenti che compresi la scaturigine di quell'assurda gelosia. Per anni Sveva aveva attribuito a me i propri inganni. Seppi, e senza neppure fare grosse indagini, giacché da buona feticista aveva lasciato diverse tracce in giro, che per anni, e grazie anche al suo lavoro di guida turistica, aveva portato i suoi amanti nelle città e negli alberghi dove noi eravamo stati, dove ci eravamo amati. A Madonna di Campiglio, a Praga, alle Tremiti. E Mosca, Venezia, Parigi, Ventotene. Li portava negli stessi ristoranti, chiedendo gli stessi tavoli dove noi ci eravamo tenuti per mano. E di quegli incontri clandestini aveva scattato foto, proprio come un serial killer che lascia prove in giro per essere catturato, nel tentativo di liberarsi di bugie e sensi di colpa.

Quando le domandai la ragione di quell'orribile affronto era d'inverno, eravamo al mare davanti a un'impepata di cozze, Sveva mi guardò e con voce afona rispose: «L'ho fatta così sporca perché ti volevo cancellare. Volevo dare a quei luoghi altre storie e altre facce ai protagonisti».

Andai via da casa e chiesi il divorzio.

«Ho fame». Sveva si alzò dal letto. Gambe lunghe, culo piccolo e alto, così i seni, che però col tempo si erano ingranditi, ventre piatto da sportiva. Il viso si era smagrito, intristito, ma questo le attribuiva maggiore profondità, un cuore che non aveva. L'età l'aveva resa ancora più bella. Gli occhi enigmatici, di un colore tra il blu profondo e il nero, mi parvero perlustrare la stanza in cerca di una scusa per litigare. Invece prese una sigaretta dal pacchetto e andò a fumare alla finestra.

Se qualcuno dalla vallata avesse alzato lo sguardo, vedendola l'avrebbe scambiata per una dea.

«Allora, ci prepariamo?».

Rifacemmo l'amore nella doccia. Con tutto quel vapore, la sua fica era così morbida e calda e spalancata, che perfino senza erezione riuscii a penetrarla. Non fosse stato per i morsi della fame, saremmo rimasti sotto l'acqua bollente per sempre, fino a evaporare, così da risolvere i nostri guai, e i dispiaceri che davamo a chiunque decidesse di starci vicino. Per prima la mia compagna, che soprassedeva ogni volta che, all'apice della rabbia, o peggio del piacere, la chiamavo Sveva.

Camminammo per le strade deserte tenendoci a distanza. Ci fermavamo a guardare le vetrine, non commentavamo eppure sentivo i suoi rutilanti pensieri risuonare nei miei. Sapevo che mi stavo domandando esattamente quello che lei si domandava. Cercavo, tra i tanti oggetti esposti in vetrina, ciò che lei cercava: quella fruttiera di ceramica, per esempio, così in contrasto con il suo stile iper moderno, ma anche la giacca da uomo di velluto a coste larghe. Sveva vestiva spesso abiti maschili, esaltavano la sua femminilità, la capigliatura leonina, l'attaccatura dei seni che si mostra e si nasconde tra i risvolti a punta della giacca, i pantaloni, per lo più una taglia più grande, che lasciano intuire il monte di Venere appena un palmo più giù.

Il nostro ultimo distacco era durato tre anni.

Tre anni di felicità, di calma e di quiete. Io avevo conosciuto Loredana e lei un neo divorziato che sembrava poter tenere botta alla sua iperattività sessuale e sentimentale.

Ricominciammo a cercarci fingendo di sbagliare giorno con i figli. Vedendomi – davanti alla scuola, alla palestra, al catechismo – Sveva rideva trasecolando e io uguale. «Ma che stupida, che scema» e le tremavano le labbra, s'imperlavano di sudore, una sottile linea più brillante che soltanto io sapevo intercettare tra le sue espressioni mutevoli. Ogni volta eravamo più curati, in tiro, lei vaporosa e selvaggia, io sbarbato, sorridente. Un vero coglione che ci stava ricascando.

Arrivammo al ristorante e il cameriere ci guidò a un tavolo per due, come mi ero raccomandato il più possibile distante dalla chiassosa comitiva che aveva occupato buona parte della piccola sala, con tanto di bambini picciosi al seguito, e nonni sordi. Un probabile compleanno.

Nell'attesa accompagnammo le bruschette con del vino locale.

Sveva si sfilò una scarpa e iniziò a giocare tra le mie gambe. A guardarla così sembrava la creatura più innocua della terra, la più malleabile del creato. Usava tutti i trucchetti di seduzione in voga, bocca e dita e occhi parlavano per lei. Per fortuna.

Ma la quiete durò poco. Già alla prima portata iniziò a infastidirsi.

«Humm, se questo è tartufo allora io sono Madre Teresa di Calcutta».

Non era vero, era straordinario come sempre, come ogni volta che avevamo cenato lì.

Quando arrivò il filetto al pepe verde, esplose.

Cautamente, quasi tartagliando per quanto avevo paura di un'immediata ritorsione, le ricordai che la volta passata era stata entusiasta della cena.

«Be', in dieci anni possono cambiare veramente tante cose. Guarda me. In dieci anni ho cambiato lavoro, da guida turistica, sono diventata proprietaria di una palestra di fitness e di un bell'appartamento. E, soprattutto, ti ho lasciato».

Io, ero stato io a lasciarla. Cazzo. Non poteva prendersi il merito anche di questo. E aveva pure fatto il drammone. Ricordo che a un certo punto, tornati dal mare e con l'impepata di cozze sullo stomaco, dopo che come una furia avevo riempito tre valigie, Sveva tentò di fermarmi. Si mise tra me e la cabina dell'ascensore guardandomi sinceramente disperata: «Ti prego non te ne andare, l'ho fatto perché ti amo troppo. Ti volevo distruggere perché ti amo». Era bellissima così, supplice, e per me fu un piacere indescrivibile sentirla pronunciare, urlare contro le porte algide dell'ascensore parole estreme: «Se mi lasci mi ammazzo, senza di te non vivo».

Anche quella sera era bellissima, mentre con l'aria di chi la sa lunga, di chi ha già vinto, addentava un pezzo di panforte. E aveva ragione. Sapeva che sebbene rifiutassi con tutto me stesso l'idea di rivederla ancora, non sarei mai stato capace di liberarmi di lei, del suo corpo che lì, al ristorante, mi attraeva ancora. Non replicai, non le diedi appigli per litigare, mentre lei, o meglio il suo piede lungo e prensile, continuava a darmi piacere sotto il tavolo del ristorante.

IL QUALUNQUISTA

La sconosciuta dai capelli rosa in minigonna si avvicina al tavolino dov'è seduta la coppia matura, con occhi accesi afferra Luciano dalla cravatta e lo trascina in pista, sotto lo sguardo divertito di Caterina, sua moglie.

«La perdoni, bella signora, Tamara non conosce le regole di questi club». L'accompagnatore della ragazza esuberante, faccione lungo e capelli brizzolati, si abbassa su Caterina e continua: «Insomma è nuova del giro, la perdoni tanto, eh, se non si è nemmeno presentata prima di prendere a prestito il suo uomo». Accompagna il termine giro, ossia quello degli scambisti, roteando la mano enorme.

«Le spiace se mi siedo?» non attende risposta, poi si passa la mano sulla faccia come per raccogliere i pensieri e riprende «la guardi, è una ragazzina, una testolina matta, e meno male, altrimenti che ne sarebbe di noi vecchietti?».

Caterina gli mostra un sorriso stiracchiato. Ma la serata doveva pur prendere l'abbrivio, bisognava iniziare da

qualche parte ed era necessario che si muovessero un po'
dopo quella mezza porzione di pappardelle al cinghiale e
lombata con patate fritte. «È sua moglie?» gli fa indican-
do la pista da ballo.

«Be', sì, ma io le conosco le regole». Le dice per ras-
sicurarla.

E intanto non si è ancora presentato. Riflette Caterina muovendo la cannuccia tra il ghiaccio del drink.

Forte di tutto l'oro che luccica tra i lembi della camicia di ottima fattura, l'uomo chiama il cameriere.

«Per la signora un altro gin tonic e per me... per me
anche». Restando concentrato sulla coppia in pista riprende a parlare accompagnando le parole con espressioni che Caterina vede comparire soltanto sul suo profilo, ma che, seppure parziali, rendono l'idea di che tipo
di stronzo sia.

«Vedo che il suo maritino non si fa spaventare facil-
mente, complimenti, eh. Io, sa, mi son già stufato anche
di questa. Per carità, per certe cosette la Tami è un por-
tento, perciò l'ho sposata, è anche allegra eh, un'allodo-
la, soprattutto al mattino, è affettuosa, amorevole, un
uragano, direi, ma sa, dopo che in un'ora, durante un
consiglio di amministrazione, t'invia venti scatti hard
senza che tu glieli abbia chiesti, e moltiplichi questo
tormento per ottocento giorni, be' verrebbe a noia perfino a uno che ha appena scontato dieci anni di galera.
Non crede?». Poi si volta verso Caterina che intanto
svapa dalla sigaretta elettronica, abbassa il volume della
voce e perciò le si avvicina tantissimo e, passando inopinatamente al "tu" continua: «Il troppo stroppia, no?
Che ne pensi? Ma senti questa che ti racconto adesso

che è proprio divertente. Dunque, sono a colloquio col direttore generale, parliamo di tre mesi fa eh, e come faccio di mio poggio il cellulare sulla scrivania. Così si parla e si parla, si beve un caffettino e si parla e, proprio nel bel mezzo della discussione, non mi arriva una di quelle robe che uno dice: ma chi me lo ha fatto fare? Ma te, te riesci a rendertene conto? A tutto schermo compare il bel culetto della Tami con un plug bello luccicante infilato proprio lì, con rispetto parlando, con sopra scritto: scopamelo. Una roba da licenziamento in tronco, no? No. Ma quando mai. Senti qua senti qua, che alle sorprese non c'è mai fine in 'sta vitaccia. Insomma, il direttore non mi manda un invito per la festa di chiusura di bilancio, sulla sua barca?».

Caterina sorride senza disfare la posizione di ascolto, in rassegnata attesa di un seguito, quando sono interrotti dal cameriere.

Sulle note di *Time after time*, mentre la sala si riempie di stelle e di blu, Caterina è di nuovo richiamata dalla parlata romagnola del suo possibile partner sessuale della serata. Appoggia di nuovo il mento sulle nocche mentre tra sé divaga, a occhio e croce è un ultra sessantenne, alto reddito, grado di istruzione media superiore e segno zodiacale gemelli, giovanile e sfacciato. Perché, in effetti, soltanto i nati sotto il segno dei gemelli sono in grado di raccontarti tutta la propria esistenza tra una fermata e l'altra della metropolitana.

Guarda il marito sulla pista e gli sorride.

Luciano le restituisce uno sguardo dolcissimo, poi richiude gli occhi e continua a dondolare sulla spalla della giovanissima Tamara, che lo sollecita carezzandogli i lobi con polpastrelli gelidi, mastica una gomma e gli spiega le differenze tra i led ring in commercio, il loro uso e i costi.

Che si resti sul generico durante l'approccio è sempre rassicurante per Luciano, gli piace cercare una buona sintonia con l'altra coppia, non un'amicizia, per carità, ma da lì a non capire un cazzo di quel che si dice, no.

Luciano, altezza nella media, buona salute salvo che per un'ernia del disco dovuta al record di ore alla guida, è impiegato per eredità paterna nel trasporto pubblico extraurbano su gomma; pochi capelli ingrigiti e romanista. Difetti irrinunciabili: irascibilità e qualunquismo.

Fu contagiato dalla dolente sfiducia nella politica durante la seconda metà del secolo passato quando nell'89, alla Bolognina, Occhetto fece a pezzi la bandiera rossa. Luciano si era svegliato il mattino seguente e aveva capito che quell'amore, lo stesso che avevano padre e nonno, era svanito, e che l'unica fede che gli restava era il calcio, e Caterina. Traversò le fasi del lutto allo stesso modo di quando perdette suo padre e suo nonno.

La negazione si manifestò una volta tornato in paese, offrendosi di ridipingere la sede del Partito e di indire una campagna autonoma di tesseramento al PCI. I compagni si preoccuparono, qualcuno fermò Caterina in piazza, nei pressi del molo, per domandare rassicurazioni. Caterina minimizzava anche con se stessa. La fase della rabbia sopraggiunse in lui con la decisione di dare alle fiamme tessera e bandiera: «Caterì, famo un falò, famo 'na grigliata con i paesani e così, dopo, se menamo pure de brutto». La contrattazione, altra fase del lutto, lo travolse nel momento in cui si trattò di scegliere tra Ingrao, Asor Rosa, Castellina eccetera, per un moderno Partito antagonista e riformatore della sinistra, oppure Occhetto, quindi l'orgia di laici e cattolici che avrebbe scontentato molti, per primo lui. Luciano leggeva, s'informava, dibatteva. Non dormiva quasi più. Ovunque si trovasse, bar, ufficio postale, studio medico, capolinea dell'azienda, si formavano capannelli di compagni confusi che chiedevano lumi, a lui, che ormai nemmeno giocava più la schedina del Totocalcio per quanto incerto e spaventato dalla vita. L'accettazione, come fiele, lo vinse nel segreto dell'urna. Non toccò cibo per diversi giorni. Non cedette neppure davanti alla lingua salmistrata in salsa verde cucinata da Caterina. La depressione che lo aveva investito uscito dal seggio elettorale in breve divenne qualunquismo. Poi arrivò Internet, i figli crebbero e se ne andarono di casa, e tutto cambiò.

Tutto era cambiato nelle sue priorità, tranne il sesso con Caterina.

Caterina, che seppure invecchiata e appesantita porta i capelli proprio come allora, quando inneggiava slogan in testa ai cortei e davanti alle fabbriche, riccia e appassionata.

Lei, che invece quella morte l'aveva prevista, non ebbe dubbi su chi seguire. L'importante era che la bandiera fosse rossa. L'importante era avere una sede e delle compagne con cui condividere iniziative e nostalgie. Negli anni, mentre tutto fuori si rendeva irriconoscibile, Caterina aveva fatto sì che dentro ogni cosa rimanesse come allora.

Anche l'arredamento del villino a circa 40 Km da Roma non è mai stato rinnovato. Sotto il vetro del comò c'è ancora la collezione di miniassegni stampati negli anni '70 dalla Banca d'Italia, la foto di Pertini sulla parete del televisore, quella di Berlinguer sopra la testata del letto, come una Madonna; sul comò dell'ingresso il capoccione di Marx e un busto marmoreo di Lenin, acquistato durante il viaggio di nozze a Mosca, circondati da candele rosse, un mausoleo di famiglia, un tempio dell'utopia, il segno inequivocabile che quello è territorio comunista. Nonostante tutto. E sebbene Luciano finga di non guardarlo quando esce o entra in casa.

La coppia ha poche ma granitiche certezze: che la gricia è più buona della carbonara e che se vuoi che un matrimonio duri per sempre, devi fare tanto sesso e divertirti ogni volta di più.

«Te ce stai su Instagram?» sibila Tamara nell'orecchio di Luciano, sulle note di *Woman in love*.

«Vuoi il mio account ufficiale o quello segreto?» Luciano ride da solo, e la guarda muoversi attorno a lui senza darsi né dargli un attimo di tregua, usandolo a mo' di palo da lap dance. Sorride e mantiene un atteggiamento cordiale in attesa di capire cosa fare. Laggiù al tavolo, nota con piacere, Caterina sembra aver preso una certa confidenza con il tipo.

L'ultima volta che se l'era scopata era stato una settimana prima, in tinello, già carico di desiderio in previsione della serata hot nel club, sebbene fosse appena rientrato al termine di una giornata di guida sotto la pioggia, e di code sulla Cassia bis altezza Saxa Rubra. L'aveva salutata con il solito fischio ma lei non aveva sentito. Era andato a darsi una rinfrescata. La porta del bagno di servizio è proprio davanti a quella del tinello. Da lì Luciano vedeva metà tavolo e tre delle sei sedie, metà quadro di veduta campestre di autore ignoto e metà finestra, quindi metà melo, di fuori, gravido di frutti da raccogliere e poi vedeva la sua Caterina, che lasciava e ritornava al tavolo per prendere cose dalle buste della spesa e riporle nei pensili. Quando usciva dalla sua visuale, Luciano sentiva chiaramente il fruscio che le sue gambe tornite producevano contro la gonna. Pensò al suo pube autunnale e folto. Lei ricomparve e levò le braccia, muovendole al ritmo lento della musica che aveva negli auricolari, poi si abbassò sul tavolo dov'era il cellulare. Luciano rimase immobile con le mani nell'asciugamano, curioso di vedere cosa facesse sua moglie sapendosi sola, eccitato e insieme spaventato dall'idea che potesse essere diversa che con lui. Il suo bel culo iniziò a ondeggiare lentamente per alcuni attimi paradisiaci, poi Caterina si drizzò come colta da un pensiero allarmante, rimase sospesa e poi si sciolse di nuovo in un movimento aggraziato e prese a cantare.

Al termine del ritornello, quando De André dice «non ci lasceremo mai, mai e poi mai», Luciano era già a un passo da lei. Si manifestò senza farla spaventare né muovere, con due dita le spostò i capelli dal collo e glielo baciò, si soffermò a lungo sulla sua pelle, inalando tracce del profumo dal tappo rosa che lei tiene sul settimanile e di cui lui dimentica puntualmente il nome ogni volta che varca la porta della profumeria il giorno di

San Valentino. La baciò sulla bocca a lungo e poi, tanto per chiarire le proprie intenzioni, la baciò con tutta la lingua che aveva; con un canovaccio le bendò gli occhi disfatti dalla giornata di lavoro e la mise prona, le alzò la gonna e trovò il suo bel culo inguainato da collant. Allungò la mano, trovò il set di coltelli, ne afferrò uno e *zac!* in una sola mossa.

A Caterina piace questa roba inaspettata, eccome se le piace, lo hanno già fatto. E poi, poi quelli sono i collant da lavoro, da tutti i giorni, da due euro, si giustificò con se stesso prima di abbassarle lo slip che gli parve invece nuovo e di buona fattura. Anche lui ama scoparsela così con furia, gli sembra la giusta ricompensa dopo una giornata di guida sotto la pioggia.

«Resta immobile, non ti muovere di un millimetro che se ti vedo, e ti vedo, poi devo usare la cinghia».

Caterina sorrise.

Non sono fanatici delle maniere forti, del bdsm come si dice comunemente oggi. Ma le sculacciate a Caterina fanno un bell'effetto. Anche assestate con un cucchiaio di legno. Le piace passare la mattinata seduta allo sportello in Comune col culo che bruciacchia un po'. L'effetto benefico dura di più che con le sole carezze, e poi, tutto il giorno a scambiarsi certi messaggini luridi, come amanti lontani.

Luciano tornò da lei con un nuovo regalo: un succhia clitoride a due velocità, lilla, il colore preferito di sua moglie. La voltò, la sollevò per metterla sul tavolo ancora ingombro di buste della spesa e sperimentò il nuovo dildo. Poi, geloso e competitivo, mentre lei godeva (sebbene pensasse anche alle polpette da infornare), si abbassò, e cercò di superare in efficacia l'attrezzo meccanico, ripiegando dopo pochissimo in una più sbrigativa e classica penetrazione in posizione del missionario.

Il locale si è riempito. Caterina è ancora bloccata dall'Aldo che, dopo una lunga digressione sui resort più lussuosi degli Emirati nei quali ovviamente ha soggiornato, ha ripreso a lamentarsi delle prestazioni della Tami: «Ma vedi, Caterina, tra un succhiotto e l'altro, cerca di capirmi eh, tra un ingoio potente e un conato, a me piacerebbe ci mettesse anche un po' di dolcezza, un po' di linguetta timida, rossori, capricci, e invece la Tami, ma un po' tutte queste qui di ultima generazione, è vorace, s'atteggia in quel modo che pare ti voglia male, che quando lo prende in bocca – con rispetto parlando eh – mica lo molla. Ciuccia, sfrega, ingoia, ansima fino allo sfinimento ma non lo lascia un attimo. E non si lascia mai andare. Ma sì. Credimi. Tante volte mi domando se voglia un applauso, quattrini…».

Caterina lo guarda con commiserazione, sebbene le sembri un uomo capace di fare le sue scelte, perciò in grado di capire che una che può essere sua figlia, e che è nata con il mouse in mano e la faccia atteggiata per i selfie, l'avrebbe fatto trottare fino a esaurirsi. Addrizza le spalle e gonfia il petto che con quell'abito è già bello in evidenza, porta la cannuccia alla bocca e guarda la pista. A lei e Luciano bastano non più di tre di quelle digressioni extra matrimoniali l'anno, perché il loro letto cigoli regolarmente due volte a settimana con degli extra durante le ferie. È un rito. Quello della ricerca dei club, delle situazioni, come le chiamano loro. Insomma è un gradevole passatempo di cui soltanto loro sanno.

La macchina organizzativa si mette in moto con largo anticipo, come per una manifestazione che raccoglie gruppi parlamentari, associazioni, maestranze, servizio d'ordine, striscioni e manifesti. Quelle poche fughe domestiche devono essere degne di un album ricordo. Consultano siti per scambisti, vagliano suggerimenti su nuovi ritrovi. Qualcuno aveva consigliato loro un car sex nel Frusinate. Ci hanno anche pensato, ne hanno discusso e riso a crepapelle, immaginandosi all'alba, legati e imbavagliati nel parcheggio di un ipermercato, dopo essere stati rapinati. Sono due boomer e ne sono consapevoli, anzi fieri. Non hanno mai osato neppure il sesso on line. O meglio lo hanno abbandonato dopo un paio di anni, per noia. Per tutto quel tempo impiegato a flirtare inutilmente. Di solito scelgono locali hot nei pressi di una bella cittadina, in zone rurali, come stavolta, così da accompagnare al piacere del sesso quello del cibo. Alloggiano in alberghi intimi e confortevoli nei pressi di qualche santuario o basilica o bellezza naturale che avrebbero visitato durante il giorno. Alibi perfetti anche per amici, e i figli, che si affacciano alle loro pagine social: una foto davanti al belvedere, in trattoria, Caterina con una rosa accanto al viso ilare.

Decisa data e luogo e prenotato l'albergo, vagano per gli outlet di abbigliamento più forniti della capitale. Poi, già eccitati dall'entra e esci dal camerino, in quella promiscuità di odori sconosciuti, vanno a casa, si agghindano come per la serata hot e fanno sesso raccontandosi i desideri più indecenti: quegli abiti nuovi devono essere appartenuti prima a Luciano che all'altro, i boxer di Luciano conserveranno minuscole tracce degli umori di Caterina, prima che di un'altra donna. Anche tenersi in forma, fa parte del rito: addominali, camminata a ritmo sostenuto, insalatine sciape e petto di pollo. Più l'appuntamento si avvicina più scopano, come quando andavano ai concerti di De André, che più la distanza da quella data si accorciava, più cantavano e ascoltavano le sue canzoni.

Tolto l'uso sporadico di qualche dildo, Luciano e Caterina sono fermi agli anni '80. Mantengono i loro pudori, hanno modi da membri attivi di una piccola comunità. Con le altre coppie non sono competitivi, sono ex comunisti. Cercano una condivisione paritaria del piacere e il rispetto dei limiti. Hanno poche regole: no voyeur, no orge, sì preservativo.

Quando finalmente Luciano e Tamara tornano al tavolo, si compie il rito delle presentazioni. I tre coetanei parlano e ridono esageratamente. Tamara sembra distratta dalle cannucce e dagli ombrellini del drink. Orfana di cellulare – in quel genere di locali i dispositivi elettronici si lasciano all'ingresso – non sa bene cosa fare mentre gli adulti parlano.

Nella sala le luci si colorano al ritmo di un *medley dance* anni '70 e Caterina decide di scatenarsi in pista, Tamara è ben felice di seguirla. Aldo tiene il ritmo battendo gli indici sul bordo del tavolino. Luciano non resiste, si alza dal tavolino investito dalle luci psichedeliche e prende a scuotere la testa al ritmo di uno *shake*, raggiungendo le donne al centro della pista che, in pochi minuti, si è riempita di arditi cinquanta-sessantenni sovreccitati. Perché come puoi stare fermo con Gloria Gaynor sparata a tutto volume?

«Non dire così, Lucià, te lo giuro su mì padre che è la luce dei miei occhi: non è stata colpa mia». Sotto il sole della piazza domenicale Caterina allunga la mano sul tavolino del bar alla ricerca di quella del marito. Lui, intrattabile sin dal mattino, tanto da non avere neppure voluto visitare la via romana e il piccolo museo con cocci e corredi funebri, si sottrae alla carezza prendendo il cellulare e fingendosi più interessato a fotografare che a parlare.

Se ne sta immusonito e istericamente continua a ripeterle che non c'è niente che non vada. Caterina si scherma i begli occhi nocciola e scruta l'orizzonte: «Oggi è una magnifica giornata, stiamo nel mezzo di una bella piazza di paese nella campagna avellinese e tu menti. Menti, Lucià, stai a fa' un teatro che nemmeno Eduardo Scarpetta e progenie tutta. Sono ore che sostieni di non aver goduto, ma io ti ho visto che fremevi e grugnivi. Ti ho visto godere con gli occhi rivoltati».

Luciano sorride e raggiunge la mano inerte della moglie tra i due bicchieri di Campari. Sorride da dietro gli occhiali neri.

«Io lo sapevo che era una ragazza vivace, ma ormai che c'eravamo…» si giustifica, li aveva visti ben affiatati, e poi sa che a lui si fanno gli occhi torbidi quando guarda le ballerine in tv, quando passa davanti alla boutique della giovane moldava, quando va in farmacia e si mette sempre in coda dove serve la piccoletta mora che avrà sì e no vent'anni.

«E chissà quante altre volte ti si fanno gli occhi torbidi, a Lucià». E sì, insomma, pensava che gli avrebbe fatto piacere. Come poteva immaginare che a lui tutte quelle bolle, ipersalivazione, dita ovunque e tutta quella roba che nemmeno la dea Calì con le sue dieci mani, lo avrebbero confuso. E poi, sguardo concupiscente, ammiccante, bocca a cuore; un repertorio vastissimo di sconcezze e versi gutturali che non avrebbe potuto ascoltare nemmeno in un bordello dove trenta puttane scopano contemporaneamente.

Luciano invece sa come si era sentito quella notte. Frastornato, ecco come. Un vecchio coglione frastornato. Non all'altezza della situazione nonostante la pillola. Cazzo. Cioè, un attimo. Era anche plausibile che non gli fosse venuto su. Mai nessuna donna aveva fatto certe espressioni estatiche davanti al suo uccello. Ce l'aveva normale, anzi modesto. Nulla di cui la giovane potesse sorprendersi a forza di "huuumm" e "ahaa" e "wow". E poi non stava mai ferma. Gli sfuggiva dalle mani per quanto olio si era messa addosso, e poi rideva alle sue carezze, inopinatamente si alzava e si metteva in posa, si strizzava tra le mani i seni grandi che poi leccava voracemente, armeggiava con lo slip come il mago Silvan con i fazzoletti. E tutto sarebbe stato fantastico, per Luciano, se soltanto la Tami avesse guardato lui e non lo specchio. E poi, appena sfilata un po' di roba di dosso sempre muovendosi come davanti a una telecamera, quando guardando Caterina e l'altro che si scambiavano cortesie e reciproci assaggi era riuscito a ottenere un po' di tonicità, ecco che Tamara gli aveva mostrato l'incredibile, la materializzazione di tutti i suoi incubi di ragazzo arruolato nel servizio d'ordine, qualcosa che era assai peggio di quegli estenuanti «dai ancora, dai più dentro» che si era materializzato proprio sotto i suoi occhi.

Ma non può dirglielo. Ora che Caterina insiste con tanto di occhioni dolci, Luciano decide di minimizzare. Le passa il dorso della mano sul viso e prova a sorridere: «Nun ce pensà, Caterì, mi rifarò la prossima volta».

Parlarne darebbe modo a quella sconfitta di manifestarsi. Confessare il motivo della fuga repentina dal culo perfetto di Tamara vorrebbe dire ammettere che l'amore per la bandiera rossa è ancora vivo, che il ricordo della lotta di classe lo fa ancora tremare, una fiammella di fede che brilla nel buio qualunquismo con cui si era difeso in quegli anni. Perché la fede politica è come il vino per gli alcolisti, ne basta una stilla soltanto per risvegliare la sete, per volerne ancora e di più. E poi si sarebbe dovuto giustificare per la finzione perpetrata negli anni. Si sarebbe dovuto scusare per primo con Caterina, poi con gli ex compagni, con gli amici, con i suoi figli, soprattutto con loro. Avrebbe dovuto ammettere di aver perso, dopo tutte quelle discussioni finite a insulti. Perché quell'atto di fede è un'occupazione a tempo pieno, qualcosa che guida la sua (la tua) mano non soltanto per barrare una casella sulla scheda, ma nella vita di tutti i giorni. Un qualunquista non avrebbe esitato un attimo a infuocare le chiappe di Tamara, un qualunquista non si sarebbe mai lasciato annichilire, neppure in presenza di quel tatuaggio, di quell'insulto, enorme, ben definito, colorato, sulla natica destra, giustamente, proprio a pochi centimetri dall'abisso vorace del suo splendido culo. Un tatuaggio chiaro come una dichiarazione di guerra: una celtica con sotto la scritta Dux che pareva in rilievo.

Caterina si alza dal tavolino e corre verso il belvedere, la campagna spoglia dell'inverno digrada a valle. Le campane suonano a festa, il paese è tutto lì, i ragazzini famelici e urlanti, gli anziani ai piedi della scalinata della chiesa, i venditori di bruscolini, i gruppi di adolescenti acchittati, di adulti ciarlieri, un clamore che avrebbe risolto ogni cosa. E il sole, lassù, come un lieto fine.

LA BABYSITTER

«Sì, signora».

La babysitter non aveva problemi di orario, ottimo, si disse porgendo la mano alla ragazza. «Chiamami pure Beth… come Bethany eh, non come Elisabeth» precisò con forte accento inglese.

«*Right*, Beth».

L'inglese giudicò eccellente l'accento della ragazza. «*So, you have all my telephone numbers… oh, sorry…* lì accanto al telefono ho lasciato anche i riferimenti di dove saremo stasera a cena, non si sa mai una tempesta magnetica dovesse mettere fuori uso i cellulari».

Nell'ingresso, le due donne si sorrisero.

«Ah, e non dimenticare di inserire l'allarme. Il telecomando è sempre qui» indicò il tavolino con sopra telefono fisso e notes.

La giovane alzò il pollice.

La padrona di casa la guardò togliersi il lungo cappotto militare e la sciarpa. Dio, sembrava l'incarnazione di Abbei. Oh, sì… pensò serrando i denti come in un impeto di piacere trattenuto: aveva i suoi stessi modi impacciati e le mani da bambina. La osservò attraverso gli occhi socchiusi tanto quella vista le faceva male. Aveva anche il vitino sottile di Abbei, quello di allora e che, sicuramente, ovunque la sua amica si fosse trovata oggi, non aveva più. La pelle delle ventenni la lasciava senza fiato. Avrebbe trascorso intere giornate ad accarezzarla. E la babysitter sembrava un bocciolo che gronda linfa, che nasconde petali carnosi, profumi pronti a incantare. Era alta come tante sue coetanee, non come quando era giovane lei, che con il suo metro e ottanta alle feste faceva tappezzeria. Ovale perfetto, nessuna peluria, non come lei e Abbei che si radevano le gambe ma soltanto d'estate. Questa qui sembrava uscita da una di quelle riviste per adolescenti che leggevano le sue figlie: piercing, tatuaggi, maglietta firmata, jeans con spacchi tattici, denti sbiancati, *maquillage* perfetto. Piuttosto una versione riveduta e corretta di Abbei, ma i tratti, lo sguardo sfuggente, erano quelli, e anche il culo un po' abbondate ma sodo da farsi male.

«Lavori da molto con l'agenzia? Sai, mi servo di loro da quando vivo stabilmente qui a Roma, ma non ti ho mai vista».

La bocca carnosa della babysitter le rivelò che era stata assunta già da un anno, ma che fino a un mese prima abitava a Corso Trieste con i suoi e le era più comodo coprire la zona nord. Mentre parlava i suoi occhi rimasero fissi sulla natura morta sulla parete. Si passò una mano sulla nuca rivelando a Beth delle cicatrici verticali sui polsi, erano tre, nette e ancora scure, ancora brucianti.

«I miei mi hanno regalato un bilocale qui in via Baccina» proruppe la ragazza tirandosi giù le maniche del maglione fino a coprire le cicatrici. Fece correre lo sguardo ferito alla finestra che dava su via Panisperna.

Bethany disse che anche lei da studentessa faceva la babysitter. Poi aggiunse come tra sé: «Anch'io ho avuto vent'anni».

«Fare questo lavoretto mi aiuta a concentrarmi. Da me arrivano amici a ogni ora. Io invece voglio dare almeno due esami il semestre prossimo» indicò lo zaino pieno di libri che aveva lasciato sulla sedia.

Dopo essersi informata su quale facoltà, a quale anno fosse iscritta e la ragione di quella scelta fuori dal comune, effettivamente non aveva mai conosciuto botanici, Beth prese per il corridoio e le fece cenno di seguirla, spandendo dietro di sé una potente scia di autostima. Ondeggiò al buio fino alla scrivania al centro della stanza accogliente e calda e si chinò. La luce illuminò il suo viso perlaceo dominato dal rosso sanguigno della bocca, gli occhi chiari, torbidi, messi in risalto dall'ombretto scuro.

La ragazza pensò a quanto fosse incisiva quella donna arrivata – in agenzia l'avevano messa in guardia: è una manager, è esigente, selettiva. Stronza. Arrivata alla sua età, anche lei avrebbe messo tutti in ginocchio, pensò muovendo gli occhi nella stanza arredata da pochissimi impeccabili mobili e dipinti, anche lei avrebbe vissuto in una casa di duecento metri quadri in via Panisperna, avrebbe avuto due figlie e una terrazza piena di fiori. Le sarebbe bastato anche un terzo di quella spregiudicata familiarità con la vita, per avere il mondo adulante ai propri piedi: l'eleganza che illumina solo i tratti migliori, la voce grave e sensuale, il tono di chi ti concede un favore anche quando ti fa del male.

Quando l'inglese alzò lo sguardo, l'altra lo abbassò sul parquet, e non era imbarazzo quello che sentiva.

Il tempo di presentarla alle bambine, due rosse magroline come lei alle prese con i tablet che la salutarono appena, ecco finalmente il marito, in una nuvola di aromi pepati, con soprabito sul braccio e chiavi in mano, sorridente, come in un film. Probabilmente quell'uomo sorrideva sempre, pensò la babysitter.

Tolta la generale avvenenza, altezza rimarchevole, pochi capelli tinti e pettinati in modo da sembrare numerosi, l'uomo era del tutto vacuo accanto a Beth come Bethany. Era lei che illuminava la scena, l'abito verde smeraldo esaltato dalla chioma fiammeggiante e perciò trattenuta in una coda bassa, quasi che, lasciata sciolta, potesse incendiare l'appartamento, anzi no, tutta Roma.

Quell'uomo sorrideva per l'onore di poterle stare accanto. La studentessa di botanica si domandò di quanta cura avesse bisogno una creatura della sua specie. Beth poteva essere una pianta semilegnosa, resistente al freddo e al caldo, fornita di germogli e foglie che vuole soltanto buone potature e un terreno drenato; un *gelsominum nudiflorum*, a foglie caduche, autonoma, ma anche una ginestra o un'imponente lavandula dentata, una *forsythia*. Piante eleganti e slanciate, coriacee.

Fu difficile separarsi. Mille ciao e ancora raccomandazioni e poi Beth che torna indietro perché ha dimenticato di baciare le figlie, ma anche di fare la pipì, e poi il cellulare e poi di nuovo ciao, arrivederci, «*have a nice time... see you later*».

Quella sera Beth fu travolta da un'improvvisa euforia. Anche l'autista lo notò: la signora non soltanto era in grado di sorridere ma si era interessata alla sua famiglia, ai bambini, al cane. Generalmente le feste tra colleghi la mettevano di cattivo umore. Secondo lei era da imbecilli condividere con gente che vedi ogni giorno anche le poche ore libere del weekend, viceversa quella sera fu loquace perfino con quelli più in basso nella gerarchia aziendale. Non se ne stette defilata in zona terrazza a inviare email di lavoro. Elargì consigli, sorrisi. Anche lei, come tutti, si domandò la ragione di quella sua improvvisa arrendevolezza alla noia. Non fu neppure la prima a lasciare la festa. Concesse un lento a suo marito, l'uomo solido e timido, padre attento e presente, che aveva sposato dopo aver lasciato l'Inghilterra, e Abbei.

A predisporla positivamente erano stati certamente la cena a base di pesce e vini d'annata, preceduta da aperitivo in terrazza, così come il divertente siparietto dei gatti in amore sul tetto di fronte, ma l'energia che quella sera si era prodotta dentro di lei, come un palpito profondo, era qualcosa che Beth non ricordava più.

Soltanto dopo, quando tornata a casa vide la giovane che dormiva sulla poltrona, le mani arrese su un grosso libro, il collo bianchissimo, il piccolo lobo vellutato solcato da tre cerchietti d'oro, soltanto allora Beth sentì l'attrazione, fino allora latente, inturgidire i suoi seni.

Anche Abbei si addormentava sui libri, anche lei lasciava abiti e scarpe in giro per la stanza. Era disordinata, ma era Abbei e poteva fare tutto. Abitavano nella stessa via da quando erano nate. Stesse scuole, stesse classi, stessa chiesa. Assieme si pregava, si studiava, si leggeva e ci si masturbava: in presenza, ma a turno; ognuna per conto proprio però contemporaneamente, a orari concordati. Tra le due era Abbei la più forte, la ragazzina onnivora d'amore (padre assente, madre depressa, fratello tossico). Era lei che scriveva sul diario di scuola di Bethany i compiti sessuali da svolgere durante la settimana, usando sigle comprensibili soltanto a loro due. Lei decideva se, cosa e quando. A tavola con tutta la famiglia il giorno di Natale seduta accanto alle zie, la mano sotto il tavolo e negli slip, nella testa i pensieri che Abbei le ha detto di pensare; in biblioteca, Abbei la sorveglia dalla fila accanto e accarezza distrattamente le costole dei libri, Beth infila le mani sotto la gonna della divisa in cerca di qualcosa che in teoria sa anche dove sta, che in pratica ha già sentito sotto le dita e forse in qualche modo usato, nel sonno, o in auto, trattenendo la pipì. Ma farlo così con lei è veramente diverso, e c'è l'ansia che lentamente si trasforma nel desiderio di scoprire (sapere, conoscere) cos'è quella cosa che per Abbei è così centrale, determinante, che le toglie il sonno quando arriva a pulsare, tra le cosce. Era stata Abbei a farle conoscere il piacere, il dolore che la sua assenza provocava in lei, e la vergogna: «Ma che sei gelosa? Credevi che fossimo fidanzate? Cazzo, Beth, ma che sei una lecca fica?» le rise in faccia il giorno in cui Beth le confessò di amarla.

L'inglese era rimasta appoggiata alla porta dello studio, incantata, una scarpa in mano l'altra ancora al piede. Guardava quella bella copia di Abbei assopita sui libri. Il suo cuore rimbombò nell'appartamento, nella luce soffusa della notte, nella risonanza del legno: la testa reclinata da un lato, un velo dorato che nascondeva parte del viso della babysitter. Voleva baciarla, adesso, odorarla, sentire la seta dei suoi capelli tra le dita, l'albume dei suoi umori sulla lingua, nel naso l'umidore delle pieghe del suo corpo, come quella volta, quando, alcune settimane dopo quella risata di scherno e quel «ma che sei una lecca fica» che ancor oggi la feriva, tornò a tormentarla, proprio ora che aveva deciso di togliersela dalla testa e mettersi a studiare e che più di tutto voleva evitare d'infilarsi le mani negli slip e pensare a lei, alla disperata fragilità di Abbei, alla sua lingua giocherellona, alle sue dita brutali.

I passi del marito la distolsero dall'incanto.

Anche la babysitter si svegliò. Sorrise imbarazzata per essere stata sorpresa mentre sonnecchiando pensava proprio a Beth. Si alzò, guardò l'ora sul bell'orologio da polso, un paio di convenevoli e, raccattati da terra gli anfibi e il maglione, si sistemò i capelli attorcigliandoli a una matita e si diresse verso la porta.

Beth sostò un attimo nella stanza. Odorò l'aria. La babysitter aveva lasciato il suo respiro, odore d'inchiostro e di sigaretta fumata in fretta. Passò una mano sul cuscino per raccogliere il calore lasciato dalla sua schiena.

La raggiunse subito in corridoio.

«Ti va se faccio due passi e ti accompagno?». Neppure guardò il marito che se ne stava lì in piedi come un maggiordomo e che infatti sorrise e sparì.

Via dei Serpenti risuonava di chiasso alcolico. La primavera era appena un presentimento ma certissimo, come loro due che camminavano con lo stesso passo guardando qua e là le stesse cose, nostalgie diverse ma desideri uguali: quella bocca, quegli occhi.

La ragazza fu accolta nella vineria come una di casa però tagliò corto con tutti: «Due rossi corposi, fai tu». Disse al ragazzo al bancone. Guidò Beth lungo un corridoio, lì s'incontrarono in uno specchio e si sorrisero. Entrambe pensarono la stessa cosa e se la dissero con gli occhi, usando la lingua degli amanti, memoria latente, alfabeto muto che riusciamo a usare solo se prigionieri dell'incanto, lallazione amorosa che in pochi istanti, appena svanito il primo impaccio, diventa dialettica esuberante. Infatti, una volta al tavolo parlarono di tutto quello di cui si parla con una persona che conosciamo appena e che vogliamo sedurre. Anzi no. Che vogliamo a tutti i costi. Avevano poco in comune. Ma che c'entra. Alla chimica non importa se ci piace Chopin o se preferiamo la letteratura europea a quella sudamericana. La chimica dei corpi non sente quello che diciamo ma quello che rimane impigliato nei silenzi, annichilito dalla vigliaccheria, raggelato nell'egoismo. Uscite dalla vineria, infatti, le due donne si persero tra la gente. Entrambe si affannavano alla ricerca di una scusa per restare ancora assieme, perdendo così la sincronia del passo e del respiro. Può succedere, se si tralascia di occuparsi del desiderio dell'altro e si pensa soltanto a come soddisfare il proprio. Andavano cercandosi nel brusio del sabato notte ma quella parola, quel suono familiare che le avrebbe invitate a nuove confidenze, non arrivava.

Quando s'inoltrarono per via Baccina si fece silenzio. L'inglese rallentò il passo e così la babysitter. La ragazza fece qualche considerazione sull'ex mercato rionale chiuso, su quel quartiere non più popolare e segreto. Per mostrarle meglio l'architettura le si accostò.

Ecco l'odore, ecco il suono, ecco le memorie latenti dei baci perduti che cercavano, quello era l'unico motivo per restare ancora assieme.

Aveva cominciato la babysitter, piena di emozione, fresca. Forse imbarazzata con se stessa per tutte quelle ipotesi luride e fino a quel momento irrealizzabili, almeno non con quella donna che sembrava non toccare terra quando camminava, e con quelle scarpe, il trucco raffinato senza sbavature nonostante il vino e l'ora, il piumino come seta con manica a kimono, la borsa firmatissima solcava il polso ossuto. Ma i suoi occhi torbidi non avevano negato quell'evidenza, perciò lei si era decisa. Non c'era stato bisogno di andare oltre le labbra, non lì, al centro della via ambrata. Si erano prese il loro tempo tracciando con le dita i primi segni della loro reciproca appartenenza: il dorso della mano sul viso, i seni appena intuibili sotto gli abiti, il sorriso che si scompone e si ricompone in un amplesso di labbra. Era stata ancora la babysitter a prenderle la mano per correre assieme fino al portone. Nemmeno quello scorcio del Foro di Augusto le aveva distolte dalla furia che quella breve corsa aveva reso assordante: che ore saranno? Dove ho messo le chiavi? La casa sarà in ordine? Perciò l'orgasmo di lingua, e non solo, lo ebbero nel portone. I vicini di casa libertini non avrebbero avuto niente da ridire se l'avessero sorpresa con gli slip fradici di una signora in bocca. Non riuscì a resistere quando Bethany iniziò a tracciare mappe del suo corpo, mentre l'olfatto, attentissimo, seguiva le tracce del piacere. Quando si staccavano, subito le loro bocche cercavano altra carne da assaggiare, tra gli abiti, spingendo e sconfinando tra lembi carnosi.

Si staccarono, appagate, sfinite. Risero a tratti. Beth trasgredì alla regola e fece un paio di tiri dalla sigaretta che l'altra aveva acceso.

Finì che la babysitter volle riaccompagnarla a casa, dopo averla aiutata a rivestirsi: il seno magro sfuggito al controllo rigoroso dei ferretti del push up, le ciocche fiammeggianti sul viso, la sciarpa dell'abito sul pavimento di pietra nel buio e sottile corridoio che immette sulle scale.

Finì che si lasciarono con due amichevoli baci sulla guancia.

Si sarebbero cercate, si sarebbero incontrate per caso, uno di questi giorni, forse anche domani, pensarono, Beth salendo di corsa le tre rampe di scale, la babysitter facendo il tragitto verso casa.

ORGOGLIO PROLETARIO

Valerio entrò nell'appartamento e digitò il codice per disinserire l'allarme, accese la luce che illuminò l'ampio soggiorno dall'arredamento moderno. Tornò alla porta e la spalancò. S'inchinò beffardo e fece entrare Paola. Anche lei era vestita da gran sera. I suoi occhi arrossati dall'alcol ispezionarono l'appartamento come lo vedessero per la prima volta. Mentre l'aiutava a sfilarsi il soprabito, Valerio le baciò la nuca lasciata scoperta dai capelli cortissimi. La penombra traslucida dava concretezza alle trasparenze dell'abito oro e nero.

Il trentenne magrolino e scattante accese il biocamino e cercò la musica giusta. Era fiero della sua collezione di vinili e del vecchio Yamaha. Paola lo guardò con rinnovato stupore fare tutte quelle manovre che suo marito faceva ogni sera. Accendere l'interruttore del giradischi e sollevare il coperchio dal piatto, scegliere il 33 giri tirandolo fuori dalla custodia senza toccare i solchi, poggiarlo sul perno e farlo infine scendere sul tappetino, sollevare il braccio meccanico dalla linguetta metallica restando accigliato fino al solito lieve clic, posizionarlo sul disco, ascoltare l'altro clic e guardarlo scendere sul piatto. Sull'intro di tromba andò a versarsi del bourbon al mobile bar. Alzò il bicchiere verso Paola che assentì. Poi le domandò: «Ma che hai? È tutta la sera che te ne stai muta, in disparte. Dai, musetto… Non mi hai neanche detto se il film ti è piaciuto».

E dopo un po', in un tra sé provocatorio e nel silenzio, rise.

«Ti sei annoiata? Non eri al centro dell'attenzione e così mi metti il muso? Oh, a bella! Guarda che sei stata tu a pregarmi di inserirti nell'ambiente perché sei stanca d'infilare spilli nei culi delle signore della Roma ZTL». Poi s'intenerì, con i capelli così corti sua moglie sembrava proprio una bambina. «Dai, vieni, dimmi che ti piglia, facciamo pace, che già ci sta tanta guerra».

Paola lo guardò vaga. Inspirò ed espirò. Si passò la mano tra i capelli un paio di volte felice di quel taglio audace. Si tolse le scarpe, si piegò elegantemente sulle gambe e le raccolse tenendole dal tacco. Prima di lanciargliele contro, una per volta, con la già sperimentata tecnica del boomerang, le soppesò: voleva fargli male.

Lui invece le scansò. Era agile e tirava di boxe. Oltre che ottimo montatore cinematografico, Valerio era un vero patito della boxe, delle sfide tra i grandi. Non avesse amato tanto il cinema, avrebbe provato a diventare un atleta.

Uscì da dietro il divano con le mani alzate. «Paolé, stavolta ce stavi a riuscì».

«Ma sul serio vuoi sapere da me perché è stata una serata di merda? Eh? – aveva un tono drammatico grigio bufera – perché tu, brutto stronzo testa di cazzo, hai chiacchierato tutta la sera con quella bionda. Quella troia, puttana, bionda tinta. Mi allontano per prendere da bere, e ti becco fuori dal cinema con lei, vado in bagno, torno, e ti ritrovo seduto sulla poltrona accanto a lei, ci manca poco e te la fai lì davanti a me e davanti a tutti. Sei un pezzo di merda Valé, ecco che sei, Valé».

Naso arricciato, fronte corrugata, bocca amareggiata erano la misura della sua ira ma non bastava, Valerio voleva il dardeggiare del furore nei suoi occhi di ragazza a modo, l'odio distruttivo e nero, quello che fa male veramente, che come distillato corrosivo spezza le parole in gola; voleva vedere in lei lo stesso odio che animava sua suocera quando lo incontrava: povera bambina mia, con il figlio di un salumaio.

«Sì, Romana, donna interessante. Anche simpatica. E tu sei crudele, amore mio, a giudicarla male. Ha una storia triste, lo sai? Una vita di merda: madre depressa, padre puttaniere, un patrimonio smisurato» Valerio tornò alla madia dei liquori per versare finalmente da bere alla moglie.

Lei attese fosse lui a portarglielo. Era veramente incazzata. Non lo agevolò nemmeno facendosi trovare a metà strada, proprio dove inizia il disegno geometrico del cotto antico.

«Tu prova soltanto a immaginare quanta frustrazione per una donna bella e straricca come lei, del tutto priva di talento, trovarsi in cartellone senza merito se non i propri quattrini. Sei una bimbetta crudele ma non abbastanza, perché io, invece, una così me la inculerei a sangue soltanto per appagare il mio orgoglio proletario, e la farei anche venire, la milionaria».

Immaginò la scena.

Anche Paola immaginò la bionda tinta con il culo per aria, soffocata dall'arnese tozzo di Valerio; lei lo assiste solleticando le piante dei piedi della ricca troia e ogni tanto va giù di frustino. Per terra, l'abito Gattinoni che le aveva visto indosso quella sera, fatto a brandelli.

Valerio cercò attorno al divano le scarpe della moglie. Le raccattò, le odorò, immaginò la propria lingua nell'incavo umido del pondolo lucido e arrossato di Paola e gli venne subito duro. Le si avvicinò, gli occhi assottigliati da pugile che studia l'avversario. Le porse il bicchiere sempre restando sulla difensiva giacché lei lo dominava dall'alto anche senza tacchi e poi s'inginocchiò, poggiò le scarpe per terra con la stessa sacralità con cui avrebbe maneggiato i guantoni di Muhammad Ali. Rimase qualche istante in raccoglimento. Dette un paio di colpetti al polpaccio sinistro di Paola, come a una giumenta cui si ferrino gli zoccoli, lei infilò il piede nella scarpa. Lo stesso rito per il destro: due colpi e il piede si anima, svogliato si tende comunque e così le dita ossute e prensili, fluttua brevemente rilasciando nell'aria miasmi misti, tra i quali Valerio distingue chiaramente cuoio e nylon, un retrogusto dolciastro di talco. Vorrebbe afferrarle il piede e ripassarlo per bene con la lingua, un dito per volta, dall'alluce al mellino, detto anche mignolo, sentire croccare lo smalto tra i denti attraverso la calza, o perché no il calcagno, rosato e liscio come roast-beaf ben cotto; la pianta stretta, avvallamenti sensibilissimi, minuscoli crateri, linee indecifrabili.

Lassù, Paola è inarrivabile.

«Smettila di guardarmi, stronzo. Piuttosto abbassa la testa sul pavimento, piccolo fetido pezzo di merda che non sei altro» lo minacciò con il tacco appuntito.

Lui sorrise, si passò la mano sul cranio rasato, privo di avvallamenti e ammaccature, inspirò, chiuse gli occhi e poggiò la fronte sul pavimento.

«Resta in questa posizione e abbassati pantaloni e boxer».

Senza grandi sforzi, era uomo da plank avanzato, Valerio si slacciò la cinta, si abbassò pantaloni e boxer e rimise le mani accanto al viso, le dita allargate sul pavimento.

«Resta immobile, esattamente così». Paola mosse sculettando verso la stanza da letto. «Non voglio sentire nemmeno un fiato» aggiunse prima di sparire.

Paola era elegante e vistosa. E viziata.

Valerio non aveva beni al sole, o una famiglia di cui vantarsi.

Nella loro cerchia di amici si domandavano come mai Valerio e Paola stessero ancora insieme mentre coppie ben più solide si sgretolavano d'improvviso. Loro due, invece, così male assortiti, stavano ancora assieme, perennemente sul punto di prendersi a ceffoni davanti a tutti, proprio come quella sera dopo la proiezione del film, con Paola che si era sentita perfino brutta, inadatta, sola.

Ricomparve in salotto avvolta in una nuvola di tulle rosa cipria. Si piazzò davanti al marito e buttò giù in un sorso il bourbon lasciato sul comò. Allargò le braccia trionfante e lasciò cadere il bicchiere sul pavimento.

Valerio alzò la testa e vide il cristallo in frantumi. Paola sosteneva che quel servizio di bicchieri fosse pacchiano. In realtà aveva fatto scomparire in cantina quasi tutti i regali di nozze della sua famiglia.

Gli diede un colpetto di tacco sulla schiena. Sui dorsali magnifici. Poi un altro più forte.

Lui assorbì la botta stringendo appena gli occhi dalle ciglia lunghe.

«Ti è venuto duro, stasera, mentre parlavi con la ricca senza talento?».

Non rispose, voleva farle perdere la pazienza.

«Orgoglio proletario, dice lui… non vorrei che inculassi a sangue anche me, a causa di questo rigurgito ideologico». Piantò il tacco sul bicipite che il peso piuma, prevedendo la mossa, aveva irrigidito.

«Sì? Avanti, sordido uomo di fatica, confessa di esserti scopato anche me, quel giorno in sartoria, soltanto per un senso di rivalsa. T'infastidì, vero, entrare nella casa dei miei nonni. Eh? Com'è che dicesti? Ah, sì: "Duecento metri quadri di casa per dù vecchi babbioni", così dicesti. Te lo ricordi? Morto di fame te lo ricordi? Avanti, fammi sentire almeno come una tua conquista ideologica, dimmelo, che quando me lo sfondi pensi alla mia cassetta di sicurezza. Confessalo».

Stavolta il tacco finì sul dorso della mano di Valerio. Paola impresse la forza che bastò a fargli emettere un flebile «sì».

«Bene. Un uomo che confessa non può considerarsi vigliacco».

Sotto la morbida vestina di tulle e pizzo, Paola indossava un bustino contenitivo color champagne chiuso sul davanti da nastri rosa, slip di morbida seta; i seni tondi, alti e abbondanti, si mostravano fieramente da un reggiseno a triangolo, trasparente come un'ostia. I capezzoli erano minuti e rosa, piatti ma estremamente sensibili.

Con la punta della scarpa minacciò il viso di Valerio: «Passami la cintura. Poi, però, devi rimettere le mani sul pavimento. Perché non sta bene che ti tocchi lì, porco, e godi mentre ti sevizio. Anzi», divaricò leggermente le gambe e scese fino alla sua bocca carnosa, poi, con il medio inanellato si spostò lo slip «fammi godere con la tua lingua biforcuta, stronzo».

Valerio sollevò la testa: ecco la sua fica dolceamara, finalmente, fiore delicato e odoroso.

I gemiti di Paola erano acuti e corrispondevano sempre a un moto irrefrenabile del suo corpo, la schiena s'inarcava, la zona pelvica pulsava animata dal fuoco del desiderio, i seni si sollevavano frenetici. Quando fu troppo (se avesse perduto il dominio su di sé, come avrebbe potuto dominare quel pezzo di merda che aveva deciso di sposare soltanto per non darla vinta a sua madre?) soltanto allora si scostò, prese tra le mani la testa di Valerio e gli diede un bacio vorace. Un filo di saliva colò sul pavimento.

Si alzò repentinamente – il succo del sesso sta nel fare cose inaspettate – e si sistemò alle spalle del marito, inspirò e lo colpì tre volte con la cinta, alternando un fianco e l'altro. Si fermò. Gemette lui e anche lei. Paola fletté appena le gambe, gettò indietro il capo e diede altri cinque colpi. Sulla destra, natica e fianco, intravide due linee di sangue. Decise di essere giusta e lo colpì anche a sinistra. S'inginocchiò ansimando e aderì alla schiena bollente del suo uomo. Prese a leccare dove aveva colpito, dove bruciava: doveva avere il cazzo durissimo. Stettero così ad ascoltarsi finché i respiri si placarono un po'.

«Da bravo, adesso schiena a terra». Aveva di nuovo il tono acre della vendetta. «Braccia lungo i fianchi, non farmi ripetere sempre le stesse cose, piccolo bastardo, omuncolo» la sua voce rotta dal piacere si spostava dietro di lui.

«Ho visto che ti toccavi mentre ti frustavo. Ti avverto, non giocare con la mia pazienza, non farmi imbestialire. Tanto hai torto, hai torto comunque e sempre quando sei sotto di me» mentre parlava Paola affondava il tacco nell'avambraccio sinistro, muscoloso, nervoso, colpevole di lussuria: Valerio era mancino. Spaventosamente furiosa divaricò le gambe e si posizionò all'altezza del suo viso, scese sopra di lui. Sedette.

Ecco il premio: il fiore dolceamaro sulla bocca e sul naso. Il suo bel culo sugli occhi. Nessuna morte poteva essere più dolce di quella.

Per Paola era tutto esercizio di gambe, di tenuta del baricentro, e lo sapeva anche lui che stava sotto, ma spesso anche sopra; si tratta di misurare esattamente la distanza tra sé e l'altro, di perfetto autocontrollo, equilibrio interiore, percezione, attenzione al piacere del partner; è un calcolo preciso di resistenza e peso specifico, di tempo, non troppo né troppo poco, un'equazione tra peso, durata, intensità. E mentre lei si concentrava, mentre controllava perfino i micromovimenti, quel cazzo, lì al centro della macchia boschiva ai piedi del monte, splendido, pulsante, in una parola vivo, la guardava, e aspettava: la sua mano, la sua bocca, la sua fica, il suo culo.

Stava seduta sopra di lui da almeno un minuto quando si piegò in avanti per liberarlo e dissetarsi. L'abbondante nettare le diede alla testa. Si accasciò e iniziò a ridere come una matta.

Valerio le andò appresso. Si rotolarono su tappeti e pavimento; lacrime, pacche scherzose, brevi pause e sguardi intensi e di nuovo risa. Era sempre così quando godevano, ed era così per giorni, come vivere h24 sotto l'azione di gas esilarante. Valerio rimase disteso sul tappeto a giocare col suo uccello. Stavolta fu Paola ad andare a prendere da bere.

«Mi porti anche una sigaretta? Oggi ne ho fumate soltanto due».

«Anch'io».

Era bello sentirsi spalleggiati nelle avversità della vita, nelle rinunce, in certi appetiti sessuali. Valerio e Paola, segno comune amore per la trasgressione, si erano dati milioni di regole: mai tradirsi, mai raccontare ad altri certi fatti intimi. Un'altra tra le tante regole era decidere il gioco assieme, così come premio e penitenza. Per i ruoli, invece, facevano tre tiri a morra cinese. Forbici, carta, sasso. Chi vinceva, decideva il ruolo del perdente.

«Ma la storia di Romana è vera o l'hai inventata? Poverina, che vita di merda».

«È vera è vera. Ma l'hai mai vista recitare?».

«Perché hai parlato con quella stronza per tutta la sera?».

«Perché eri bellissima e ti volevo soltanto per me. Perché tutti i maschi etero presenti alla festa guardavano soltanto te. Perché diventi ancora più bella quando t'incazzi e se piangi è anche meglio. Perché quando ti amo così tanto, non vedo la fine di te e allora sento che devo raggiungerti, che devo entrarti dentro e correre nel buio fino a trovare la tua anima». Dette un paio di tiri alla sigaretta. «È così, Paola, è come se la tua fica non avesse fine. Quando ti scopo, quando ti siedi sulla mia faccia, vorrei avere tutta la resistenza del mondo, ma so che se anche la trovassi, quella forza, la capacità di resistere al piacere che mi procuri, so che comunque non riuscirei a possederti tutta».

Una lacrima scese sul viso di Paola: «Ti amo».

«Ti amo anch'io. Immensamente». La baciò, si alzò e le porse una mano per aiutarla.

«Bicchiere della staffa?».

«No, tesoro, domattina dovrò essere in sartoria alle nove».

«Ok, amore, ti raggiungo tra un po'».

Valerio si versò un altro goccio, si lasciò cadere sul divano, accese la tv e fece un po' di zapping, poi controllò il cellulare.

Era Romana.

«Allora, domani pomeriggio da me?».

«Sì, bella troia. A domani».

LA CANDIDATA

Scorpione. Cercate di essere più aperti alle proposte che vi sembrano lontane dai vostri interessi. Sorridete di più e osate. Apritevi al mondo. Lavoro: la giornata inizierà con piacevoli sorprese. Amore: cercate di darvi di più. Salute: attenti alle correnti d'aria.

Alida parcheggiò la Twingo nuovissima sul Lungotevere, all'altezza di via Cola di Rienzo. Spense l'autoradio sull'ultimo successo di Raf. Si spruzzò del profumo, ispezionò il trucco e scese dall'auto. Era bruna, longilinea, raffinata. Il viso squadrato incorniciato da un taglio spettinato, all'ultima moda. Gli occhi oblunghi avevano un'espressione severa.

Si diresse verso lo studio dentistico dove aveva il colloquio di lavoro. Traversa dopo traversa, nel dedalo di vie dalla toponomastica razionale e ombreggiate da alberi reclusi nel cemento, arrivò dove diceva l'annuncio. Alzò lo sguardo. Si strinse nel cappotto. Sospirò come davanti a una borsa Gucci ultima collezione. I caseggiati, che abbracciavano gli ampi cortili ombreggiati da palmizi, erano uno più signorile dell'altro. Per la borsa Gucci stava mettendo via cinquemila lire a settimana, sottraendole all'obolo che le davano i suoi, per una casa così, invece, avrebbe dovuto sposare uno con i soldi veri, come se ne usciva sempre sua nonna, e sua madre, e sua zia.

Sotto lo sguardo sornione del vigile fece un paio di giravolte alla ricerca del numero 96. Eccolo, con grande citofono di ottone lucidissimo. Si passò la lingua sulle labbra polpose. Però, che strano, non c'era la targa, qualsiasi studio dentistico ha la sua bella targa al portone, ragionò. Passò in rassegna i nomi sul citofono. Cercò nella borsetta ma non trovò l'agenda. Accidenti! Il bar lì di fronte aveva anche il telefono, così avrebbe bevuto un cappuccino, e chiesto ai suoi di guardare nella sua stanza l'agenda sulla scrivania, perché lì era scritto il cognome del dentista.

Entrò nel bar. I lieviti sotto la campana opaca erano poco invitanti. Un pessimo segno: Alida si affidava volentieri ai presagi, alle stelle, ai pianeti.

Sebbene fosse l'unica cliente, la barista le intimò di passare alla cassa prima di ordinare.

La ragazza pagò, bevve il cappuccino in pochi sorsi e infine telefonò a casa per risolvere il problema. Ottenuta l'informazione che cercava attraversò la strada e citofonò. Nessuno domandò e il portone si aprì. La cabina di ferro e legno con sedile ribaltabile e vecchia cassetta per le monete salì lenta. La massiccia porta di legno dell'interno 12 era di quelle dietro cui si possono consumare efferati delitti senza che nessuno senta niente. Suonò. Anche quella si aprì con uno scatto. Entrò ma non vide nessuno. Attese. Disse: «Buongiorno».

In realtà quel posto tutto sembrava fuorché uno studio dentistico. Nessun inconfondibile ronzio. Né reception o sala d'attesa. Nemmeno un lontano sentore di chiodi di garofano. La stanza d'ingresso era di un bianco accecante, aveva una sola porta, oltre quella da cui era entrata, ed era laccata di rosso come in un incubo, due grandi finestre affacciavano sulla via. Ne raggiunse una e guardò giù. Vide la barista stronza che fumava sulla soglia del bar. Vide le mostrine e il punto bianco del cappello del vigile. Si sentì rassicurata. Si guardò attorno con più attenzione e spalancò gli occhi. Sfogliava spesso riviste di arredamento, attraverso la carta patinata le sembrava di vivere nelle case più belle del mondo. Il solo pensiero di pagare un arredatore prezzolato che recuperasse pezzi così: Mazza e Gramigna, De Pas, D'Urbino, Lomazzi, la eccitava sessualmente. Sfiorò con l'indice un Bell anni '80 che riluceva di colori fluo su un mobile laccato nero e finalmente sentì dei passi dietro la porta.

«Scusi davvero per l'attesa, Alida. Piacere, sono Simona Costa». Le porse la mano, il solitario circondato da una folla di smeraldi che riluceva al medio quasi accecò la ragazza, poi indietreggiò di un passo e con compiacimento maschile scrutò la giovane dalla testa ai piedi.

Una vera signora non c'era dubbio, si disse Alida.

Difficile fosse anche una brava dentista.

Forse era la moglie del medico.

Alida aveva una concezione androcentrica della società. Servire i maschi per primi a tavola, per esempio, non era soltanto questione di educazione, quanto un impulso che sgorgava dal profondo dell'animo, un moto di gratitudine ancillare che univa tutte le donne di casa, spose di guerra e vedove in nero perenne che avevano camminato tra bombe e macerie, ma sempre colme di gratitudine verso il maschio al fronte e difensore della patria.

«Prego, mi segua». La lunga catena d'oro che pendeva dal collo magro della cinquantenne, chiusa da un cabaret di gemme, ondeggiò davanti alla candidata ipnotizzandola.

Alida riusciva a sentire l'odore dei quattrini a chilometri di distanza: se non c'è guadagno c'è perdenza, le avevano ripetuto sin da bambina. L'ossuta signora Costa indossava un tailleur bordò avvitato. Così magra poteva permetterselo, pensò con una punta d'invidia. Le Prada le avrebbe riconosciute anche solo al tatto: nuova collezione. Il carré riccio corto, aggressivo, scopriva solo a tratti il viso lungo e spigoloso, gli occhi grandi, bruni e poco truccati.

Quando entrarono nello studio ridondante di legno, ottone, tappeti e quadri, Alida ebbe la certezza di aver sbagliato indirizzo. Una giovane seduta al piccolo scrittoio, nei pressi della finestra, scattò in piedi.

«Amanda, stai pure comoda. Ti presento Alida, è qui per conoscerci. Alida, lei è Amanda, mi auguro riuscirete a piacervi. Sieda, intanto» il mento appuntito indicò alla candidata la sedia di fronte alla scrivania più grande, dietro cui faceva bella mostra un quadro scuro, un po' spaventoso. «Mi dia solo qualche secondo e sarò subito da lei».

Mentre la donna parlava alla segretaria con il distacco tipico della gente di classe, volume minimo, gesti misurati, la candidata si tolse il paltò e lo appese all'attaccapanni. Era sudata. Un po' imbarazzata. Anche impaurita.

Perché noi donne certe informazioni ce le tramandiamo nel DNA, le conosciamo prima che ce le dia mamma, ed è perciò che quando camminiamo da sole per strada di notte affrettiamo il passo, lo sentiamo da lontano il fetore dell'orco, lo abbiamo già visto lo sguardo lurido nel vecchio laido appostato in auto davanti alla scuola, nel papà dell'amichetta, nel barista, nel passante, nel prete.

La signora Costa mise una mano sul fianco e si portò l'altra sulla nuca, guardò Alida e poi di nuovo la biondina. Sorrise e poi disse: «Belle, siete proprio belle assieme. Anzi, mettetevi un attimo vicine che voglio guardarvi meglio». Ordinò dirigendosi alla scrivania.

Alida non capì. Era uscita da casa, quel mattino, immaginando un colloquio di lavoro in un asettico studio dentistico e adesso si trovava in uno splendido appartamento che sembrava completamente avulso dal resto della città, dal mondo reale che dabbasso continuava a muoversi ma che le pareva essersi inabissato altrove. Però decise di dare ascolto all'oroscopo e, pur non comprendendo la ragione di quella richiesta, raggiunse Amanda.

«Sì, siete perfette… avete anche lo stesso peso, su per giù» valutandole con la stessa espressione critica che avrebbe avuto davanti a un mobile di modernariato, o a una pietra preziosa. Chiese ad Alida di fare un giro su se stessa e lei, sempre più disorientata, eseguì.

«Stavolta siamo stati veramente fortunati» sorrise fregandosi le mani come per mandar via il gelo che quella poca carne poteva accogliere.

Raggiunta la scrivania, la signora, cioè Simona come voleva essere chiamata, sparò domande a raffica sulla vita privata di Alida, gusti letterari e cinematografici.

Lei era riuscita a interromperla, e a ricondurre il discorso sul piano lavorativo, raccontando la ragione della propria scelta universitaria e le aspettative sulla carriera, quando l'altra si voltò e ordinò alla biondina di andare al bar che aveva proprio voglia di un cappuccino ben caldo. Alida, interdetta, senza più un goccio di saliva in bocca, chiese del succo d'arancia.

Appena la porta fu chiusa, la donna cambiò espressione. S'infilò l'unghia squadrata tra i denti e disse «Allora, bellina, parliamoci chiaro. Io sono certa che sei bravissima nel tuo lavoro, sebbene il tuo curriculum sia più breve di una sveltina con un uomo troppo innamorato, ma adesso ho bisogno di capire qual è il tuo prezzo».

La ragazza sbatté le palpebre. L'annuncio chiedeva un'assistente di poltrona, tre mesi in prova retribuita e possibilità di contratto otto ore esclusa pausa pranzo per un milione e cinquecento in busta, ripassò nella mente, come avesse la pagina degli annunci di lavoro proprio davanti agli occhi.

«Alida Conte, sappiamo anche che i tuoi risultati universitari non sono così brillanti, nonostante mamma e papà abbiano fatto enormi sacrifici per darti questa opportunità, tu non sei una cima. Ci è arrivata voce che non ti sei impegnata perché sei sempre a caccia di soldi e sprechi tempo vendendo libri porta a porta per acquistare capi firmati». Non parlava con disprezzo, anzi, sorrideva colma di ammirazione.

Alida, invece, era passata dalla confusione al panico. Dov'era capitata?

E perché quella stronza di lusso adesso le dava del tu e usava il plurale: abbiamo, sappiamo.

Come aveva avuto certe informazioni?

E perché, soprattutto, dopo essersi slacciata due bottoni della camicia, aveva preso a passarsi sensualmente le dita tra i seni?

«Poi, dolce ragazza, quando avremo capito se andiamo d'accordo, mi svelerai la ragione di questo curriculum. Francamente non capisco a cosa possa servire».

Alida rabbrividì.

Forse si trattava di una candid camera.

Si guardò attorno. Sorrise piena d'imbarazzo. Come quando perdeva a Trivial Pursuit su domande facili davanti alle sue cugine ricche; o copiava durante i compiti in classe e veniva sorpresa. Era vero, non era fatta per lo studio. Ma non poteva certamente dirlo in pubblico, e confessare che non conosceva un altro modo di stare al mondo se non quello che le avevano insegnato sua madre, sua nonna e le zie.

«Non capisci, lo so. Ti senti confusa. Dentro di te mi stai dando della stronza, della troia. E sai perché lo so? Perché me lo hanno confessato quelle prima di te – Simona si spostò l'onda dagli occhi – perché ce ne sono state altre, anche più verginelle, più perbeniste, più ignoranti che hanno risposto all'annuncio sbagliato». Sorrise. Aprì un cassetto della scrivania, prese un pacchetto di Marlboro e gliele offrì. Lei rifiutò.

Fumando, e continuando a carezzarsi qua e là (collo, decolté, labbra) continuò: «Che cosa ti aspettavi? Hai risposto all'annuncio, ci hai inviato curriculum e foto, ci sei piaciuta e abbiamo fatto le nostre indagini. Siamo persone in vista, non possiamo rischiare di incappare in una ladra». Si alzò sotto lo sguardo vacuo di Alida e andò alla finestra. Ma non aveva finito. «È vero, una volta appurato che sei veramente una studentessa in odontoiatria, molto ma molto fuori corso ma pazienza, avrei dovuto scartare la tua candidatura, ma come potevo esserne sicura? Ero curiosa di conoscerti, sei così bella e altezzosa». Arricciò il naso e mostrò alla ragazza uno sguardo rapace.

«Allora, quanto vuoi?».

Alida non rispose. Era impegnata a sentir colare il panico tra le pieghe della carne.

«La donna gettò la sigaretta dalla finestra».

La raggiunse e si chinò su di lei. Le passò il dorso della mano sul viso. «Guarda che puoi andare via anche adesso. Stai tranquilla, è stato un equivoco». Le prese le mani senza lussuria, in amicizia, da donna a donna. Spalancò gli occhi e provò a consolarla per quel brutto spavento: «Ma guarda che manine sudate, piccina». Si alzò e andò verso la scrivania come avesse qualcosa di più urgente da fare.

Dunque, era libera.

Poteva andar via anche adesso.

C'era stato un errore, sì, niente di più.

Ma invece di andare, Alida si sentì molto stupida. A dire la verità era anche mortalmente curiosa. Cos'era tutta quella storia? Film porno? Cosa cercava la signora?

Però no, veramente, adesso doveva proprio andare. E intanto restava sulla sedia, con quella domanda in sospeso: «Quanto vuoi?». E per cosa?

Qualcuno bussò. Entrò un uomo. Un bel tizio sui cinquanta che indossava un elegante completo grigio rallegrato da camicia blu elettrico senza cravatta. Era alto, prestante. Come nei migliori film porno.

«Allora, come va con la nostra bella candidata?» baritonale, allegro. «È lei, no, Alida, neo laureata in odontoiatria?». Guardò la moglie e indicò la ragazza.

«Sai, Guido, mi sa che c'è stato un malinteso».

L'uomo scoppiò a ridere. «Cazzarola non mi dire. Allora avevi ragione. È come con quella lì, quella bella rossa veneta che aveva un colloquio come praticante notaia».

«Ho paura di sì» confermò Simona unendosi alla risata del marito.

«Scusa, Alida cara, ma dove hai letto l'annuncio?».

Alida fece mente locale. Effettivamente aveva consultato «Porta Portese», «Trova Lavoro» e «Messaggero».

Risero senza ritegno, Simona si passava i polpastrelli sotto gli occhi per arginare la piena di lacrime, lui si dava brevi manate sulle cosce e scuoteva la testa.

Alida per non sentirli e per non sentirsi offesa, stupida, distratta, rincorse la luce che appariva e scompariva sul legno del pavimento, guardò fuori dalla finestra, una donna puliva i vetri dell'appartamento di fronte e, aprendo e chiudendo le finestre, mandava quei bagliori.

Dunque, mentre ridevano di lei, il mondo era ancora lì fuori in salvo.

Quando entrò, Amanda seppe dell'errore e rise anche lei.

Che modi, che gente.

«Scusaci. Scusaci veramente» la smentì l'uomo «ma non è colpa nostra se hai sbagliato annuncio. È capitato altre volte d'incontrare neo laureate, e molte non avevano risposto all'annuncio sbagliato. Così abbiamo tentato, mal che fosse andata, ci saremmo fatti quattro risate».

Certo, anche ad Alida la richiesta di quattro foto, di cui tre a figura intera, era suonata bizzarra per un impiego in uno studio dentistico. Ma aveva scorso diversi annunci quel mattino, pioveva e aveva il ciclo, voleva andare dal parrucchiere a fare il colore ma non aveva soldi – quell'anno andavano di moda corvini quasi blu – e non poteva chiederli a sua madre che era in giro per il condominio a fare iniezioni per poi comprarle i maledetti libri che le servivano per la maledetta laurea inutile, perché per mettere su uno studio devi essere veramente brava e avere anche un capitale. Così, mentre sua zia passava l'aspirapolvere sintonizzata a tutto volume su Radio Maria lei aveva cerchiato, cancellato, ritagliato annunci dalle pagine sottili come velina per incollarli sul diario, alla data del colloquio. Era dello scorpione. Ascendente capricorno e luna in vergine. Amava l'ordine e la precisione. Eppure, qualcosa sul tavolo della cucina doveva essersi confusa: un numero per un altro. Ma non lo disse. Si sentiva troppo sconvolta per ordinare le parole nella testa e dirle senza bagnarle di pianto. E poi non sarebbe stata all'altezza di ordinare nulla, non in quella situazione.

L'uomo la guardò dispiaciuto, sebbene l'orribile eco di quella risata persistesse attorno a lui come un'aura di scherno. «Che peccato. Che dispiacere. Speravo che quel curriculum fosse, come dire, l'invito a un giochetto fantasioso, che so… tipo io che interpreto il paziente, Simona ovviamente la dentista, perché è lei che comanda qui, e la nostra Amanda fa la segretaria porca, perché Amanda è una porca».

Sentì Amanda ridere. Rialzò la testa e colse gli sguardi rapidi come sospiri che i tre si scambiavano. Provò una punta di dispiacere nell'esserne esclusa.

«Scusaci ancora per prima. Pensa soltanto che questa storiella della coppia di ricchi porcelloni potrai raccontarla alle tue amiche per riderne. Ah, puoi anche fare i nostri nomi, tanto sono falsi. E anche questo bello studio è in affitto».

Guido si avvicinò alla sedia su cui Alida sembrava incollata, le mise due dita sotto il mento e sollevò il suo viso: capelli luminosi, sguardo completamente sperduto, naso dritto, labbra morbide. La lasciò e fece qualche passo. Appoggiò la mano sulla libreria e rimase di spalle: «Un vero peccato» disse con rammarico.

Alida guardò la sua schiena ampia, il rimarchevole culo, la mano curata, grande e abbronzata, il polso solcato da un immancabile Rolex. Era proprio da mani così che Alida avrebbe voluto sentirsi toccare, quella era l'eleganza, il lusso capriccioso cui aspirava da quando aveva memoria.

La padrona Simona e la schiava Amanda dialogavano ancora attraverso gesti impercettibili come battiti di ciglia.

«Pensa che idiota. Mi ero perfino informato per l'acquisto di una poltrona da dentista e un po' di strumenti. Che so… apribocca, trapani a forma di peni, pinze, raschietti» l'uomo tra sé, portandosi il pugno chiuso alla bocca e mimando un morso crudele.

Quei denti bianchissimi parvero dissipare ogni paura nel cuore di Alida, che aveva ascoltato attentamente e quindi immaginato, e aveva sentito gli slip inumidirsi di un fiotto caldo all'idea della poltrona da dentista e del trio di sconosciuti infoiati su di lei. E anche i suoi capezzoli si erano manifestati attraverso il dolcevita, tanto che Amanda, che lo aveva notato, iniziò a strofinarsi entrando con la mano sotto il proprio maglione.

Facendo il giro della scrivania Simona raggiunse la candidata, si abbassò e le prese le mani. «A qualunque annuncio tu abbia risposto io ti domando: perché accontentarti di piccole mance al termine di una dura giornata di lavoro tra estrazioni e carie, o di vendere libri porta a porta, anziché accettare questa opportunità? Nulla avviene per caso, non credi? Trovandoci bene con te, come ci troviamo bene con la nostra micetta, godrai di molti benefit».

Amanda, l'indice malizioso tra le labbra, il capo chino e lo sguardo in su, aveva allargato le gambe. Una mano era già al lavoro – sotto la minigonna non indossava niente – l'altra giocava con il timido uccello, ancora nascosto nel pantalone, del marito schiavo della signora Costa.

«E poi smettila, dai! Te lo leggo negli occhi che sei una puttanella. Se mio marito fosse stato un vero dentista, e questo un vero colloquio, saresti già in ginocchio, pronta a tutto pur di ottenere il posto, e perché no diventare la sua amante con appartamentino in via Frattina».

Alida abbassò lo sguardo e arrossì.

«Lo farei anch'io. Certo, andrei anch'io a darla in giro per ottenere lavoro. Non fossi quella che ha i soldi. Non fare quella faccia, non sentirti colpevole. E perdonami se vado per luoghi comuni, ma tuo papà te lo avrà detto che nessuno dà niente per niente, che il tempo della meritocrazia non c'è mai stato. E mio marito ne sa qualcosa. Povero fallito! Anzi, che ne diresti di far vedere a questo mangia pane a tradimento quanto sei brava? Perché io lo so già che sei una troietta di razza. L'ho capito dalle foto, dal tuo sguardo da cagna affamata». Simona le baciò le mani. «Guarda. Io le pago bene le mie crudeltà, e ci tengo così tanto a te che ti farò una proposta veramente imperdibile».

Si alzò e andò alla scrivania. Sventolò verso Alida una mazzetta di banconote da cento che aveva preso da un cassetto, evidentemente già pronte per lei. La posò sul tavolo. Ci batté sopra col diamante che portava al medio, come a poker.

«Sono due milioni. Esclusa penetrazione a parte quella orale».

I tre si scambiarono altri sguardi.

Amanda abbandonò Guido che aveva cominciato a spogliarsi e si mise di fronte alla coetanea. Le porse le mani. Alida si alzò ristorata da quel calore, così l'altra le prese il viso e la baciò dolce dolce: sapeva di caffè, di un autunno di scuola, di matita blu, di assorbenti traboccanti nel cestino del bagno. Sapeva di luride confessioni.

93

I due giovani corpi aderivano perfettamente.

Con un gesto impercettibile Simona fermò Guido che sopravanzava.

Mentre Amanda la sbaciucchiava lieve, sussurrò al vellutato lobo della coetanea, passandoci sopra la punta della lingua, di non farsi sfuggire quell'occasione, che con quei due ci avrebbe soltanto guadagnato, e poi i viaggi: Positano, Cortina, New York, Cannes durante il Festival, e Ibiza, e Parigi e Londra. «Io passo per la loro nipotina. 'Sti due maiali sono carichi di soldi e dopo vent'anni di matrimonio si divertono soltanto così. Stacci».

Le infilò la lingua in bocca, a suggello di quel segreto.

Alida non la respinse. Anzi pensò alla zia e a nonna e a mamma che in definitiva non le avevano detto altro che di trovarsi uno coi soldi e si sfilò il dolcevita. Amanda la imitò, poi alzò la mano e diede un paio di estroversi manrovesci sui grandi seni di Alida che mugolò forte.

«Sfilati la gonna, Alida» ordinò dalla penombra con una voce esangue.

Guido, supplice, guardò Simona, ebbe il permesso, e quindi intervenne, facendo sentire alle femmine il dardo, battendo alternativamente una e l'altra natica, di una e dell'altra.

A ogni colpo del marito Simona, che guardava soltanto e guidava il gioco, socchiudeva gli occhi avvinta dal piacere.

Alida si lasciò lambire dalle mani e dalla bocca adulta di Guido.

«Adesso, fai quello che sai fare meglio. Fammi vedere quanto sei brava a eseguire gli ordini». Con l'indice indicò il pavimento.

Alida s'inginocchiò. Lui le si avvicinò.

Il cazzo di quell'uomo doveva essere profumato come le sue mani, pensò convinta.

E invece no. Quel cazzo signorile da ristorante stellato sapeva esattamente di cazzo, di un cazzo che aveva espletato le sue funzioni, per forza di cose, quattro volte almeno dopo la doccia mattutina.

Alida era troppo giovane per sapere, non aveva ancora incontrato chi le insegnasse quanto gusto c'è in quel sapore, talmente tanto che, anche senza serbarne il ricordo, quello le sarebbe tornato alla mente e nel cuore nei momenti più bui, forse più in là con gli anni, quando guardandosi nello specchio avrebbe avuto la prova che quel suo corpo, ormai, non fa più gola a nessuno.

Ma in definitiva, si disse la candidata, bastassero le mani a dare piacere, i maschi avrebbero una mano al posto del cazzo.

Eccitato o no, Guido, schiavo, marito a contratto, su ordine della moglie si spinse nella bocca della candidata e si diede da fare mugolando poco signorilmente. Quando Alida ebbe il trucco sfatto, le guance bollenti, la bocca che disperatamente chiedeva ossigeno, Simona la sostituì con l'esperta Amanda. Le sorrise e le fece cenno di rivestirsi. «Il cretino è troppo emozionato per la novità, cara Alida, ma noi stasera siamo a casa di amici, per cui devo affrettare la cosa».

Quando fu in strada, Alida rientrò nel bar. In quell'ora niente era cambiato. Soltanto il vigile non c'era più. Stavolta andò direttamente alla cassa e chiese alla tizia antipatica un toast e un'aranciata. Quella stranamente le sorrise affabile e si mise subito al lavoro. Alida pensò all'oroscopo. Andò al telefono e avvertì casa di non aspettarla per pranzo. Alla radio passavano *Quando* di Pino Daniele. Tutti ottimi presagi. Uscì e prese per via Cola di Rienzo. Per le vie laterali dei condomini signorili si respirava la tipica quiete da pausa pranzo.

Tastò la borsa. Tastò la mazzetta di fogli da centomila che si era guadagnata in un'ora di lavoro. Esentasse. Esclusa penetrazione.

Non aveva mai pensato di darsi un prezzo.

Né che fare sesso in cambio di soldi potesse essere così facile.

Avrebbe seguito il consiglio di Amanda, sarebbe andata a comprarsi la borsa Gucci e dal parrucchiere.

BUGIE PRIVATE

Io sono quello in grigio seduto dalla parte dello sposo, sulla destra guardando l'altare, primo banco. Spicco tra tutti per altezza ragguardevole, baffi fuorimoda e per mia moglie, un'esplosione di colori e di gioia che si agita e saluta, sorride e scambia sguardi amichevoli con la nostra quasi consuocera biondissima e alta, benché l'abbia completamente estromessa dall'organizzazione di queste indimenticabili nozze. Ogni volta che dal fondo giunge notizia, puntualmente falsa, dell'imminente arrivo dell'auto nuziale, la mia dolce metà ritorna qui al banco e si prepara a piangere.

E anch'io, ma per una ragione diversa dalla sua.

Mio figlio è il trentenne dalle spalle larghe che aspetta la sposa ai piedi dell'altare. I suoi occhi velati d'inganno guizzano da uno all'altro invitato a caccia di volti amici. Probabilmente si domanda se qualcuno tra loro sa già e se, proprio perciò, deciderà di fermare questo scempio e parlare, o sceglierà più plausibilmente (per vigliaccheria, superficialità, diplomazia) di non rompere il silenzio solenne della cattedrale, come in certi film americani, limitandosi a sussurrare battutine salaci durante la festa e per sempre: che Franco si sposa anche se ama Vincenzo e da lui è riamato, in segreto, in silenzio, durante gli appostamenti, tra le mura della questura e lontani dalle telecamere di sicurezza, dopo il tennis che praticano al circolo almeno tre volte a settimana; che si sposa proprio perché anche il collega è sposato, perché così faranno anche le vacanza assieme, perché due coppie etero non sono mai sospette; che ha deciso di fare quel passo perché guai se lo sapesse il padre, cioè io; perché la sua carriera non gli permette di essere omosessuale, e neanche a Vincenzo che adesso sta assieme a sua moglie, mano nella mano, nei pressi dell'altare anche lui, l'amico del cuore, il testimone dello scempio.

Di tanto in tanto, mio figlio, che come me ha deciso di non indossare l'alta uniforme – per paura, per odio, per rispetto – si accomoda l'abito, tira fuori un polsino, carezza i petali della rosa bianca all'occhiello della giacca e poi ritorna a guardare Vincenzo e poi di nuovo gli affreschi tutt'intorno, gli addobbi floreali, l'orologio da polso, quello di mio padre, che adesso resterà a lui. Franco non è in ansia per il ritardo della sposa, né si sta domandando se questo sia il passo giusto da fare. Lo so perché lo conosco. Nulla deve cambiare dai piani stabiliti. La sua vita andrà così come voglio io.

Del tutto fuori fuoco nell'inquadratura vedo un'infilata di bellezze nordiche che si sporge e chiacchiera e spia tra i banchi dello sposo. La sposa è per metà svedese.

Andando per banalità mi ero fatto l'idea che le svedesi fossero algide. Anche prevaricatrici. Di quelle che ti seducono, ti scopano montandoti sopra come valchirie, per cavalcarti fino a consumarlo tutto e infine chiuderla lì. Fu un mio collega della questura di Palermo a smentirmi: «Ma stai tranquillo per tuo figlio. Me la sto facendo con una trentenne bionda e minnona che se lo suca come una buttana e non mi scassa la minchia con problemi edipici o matrimoniali. Viene e va da Stoccolma un paio di volte al mese per sucarmelo e girare per la Sicilia, e quando io ho altro da fare, si mette buona buona a sucare la sigaretta elettronica e a chattare con le fan del suo blog di letteratura. Fagliela sposare a tuo figlio».

Poi fui smentito da lei.

Io sono la sposa. Mi trovo ancora fuori dall'inquadratura e dalla cattedrale, in attesa di fare il mio ingresso al braccio di papà. Le damigelle, figlie di non so quali cugine svedesi che io sicuramente conosco ma non ricordo, si muovono attorno al mio lungo strascico nel tentativo di stirare ogni piega con la stessa pervicace pazienza di un monaco zen con il mandala. Mio padre mi ha già fatto il discorso da padre a casa, durante la colazione che io non ho consumato, e dopo, mentre tutti si davano da fare attorno a me cercando di strapparmi un sorriso per il fotografo.

Papà è un uomo ruvido e non soltanto in apparenza. Non ha niente del tipico italiano ma non perché di madre svedese. Non è accogliente, la sua esistenza è del tutto priva di superlativi, di quell'enfasi in grado di affabulare. Non dà peso alle parole. Nemmeno gesticola. Perciò mi ha commosso, prima, quando ha recitato a memoria le sue raccomandazioni, i benevoli auspici per una vita felice. Forse è stata proprio questa sua ostinazione, il disperato tentativo di non cedere mai a se stesso, alla propria misantropia, ad aver intenerito il cuore di mia madre che, pur dormendo in un'altra stanza da quando ho memoria, non l'ha mai lasciato. Diventerò come lei. Già mi vedo nei suoi panni firmati di cinquantenne iperattiva e ipertecnologica, interessata a tutto e a niente, incapace di slanci emotivi e perciò fissata con l'ordine, della casa, del negozio di souvenir in centro dove lavora da quando arrivò a Roma per studiare belle arti.

L'ingresso in chiesa, infinite volte sognato, cambiando negli anni coprotagonista e perfezionando dialoghi e regia, non mi emoziona. Anzi sono io che faccio coraggio a papà, definitivamente abbattuto più per il disagio che gli procura stare al centro dell'attenzione che per il distacco da me, per il travaso della sua unica figlia dal nucleo famigliare di origine a un nucleo del tutto nuovo, sterile in ogni senso. L'ingresso in chiesa non mi emoziona anche perché so che lì in fondo c'è il mio amante.

Vedo il parentado di mamma cui sorrido nonostante muoia a ogni passo che mi avvicina all'altare. Mia madre coordina fotografi, musicisti e preti. Si rende indispensabile come fa ogni volta che ha davanti a sé una platea cui dimostrare il proprio amore di madre. Non mi ha fatto discorsi solenni. Ieri sera ha lasciato per me sul cuscino la collana di perle di nonna. Non un biglietto, un fiore. Credo sappia tutto, perciò mi evita. Sa di Franco e di me che tollero. Immagino ci stia lavorando col suo analista, così da discolparsi per il cattivo esempio che mi ha dato, per il non amore che mi ha insegnato. Di tanto in tanto, in un momento di pausa tra il pilates e il corso di ceramica, si domanderà come mai abbia deciso anch'io di abdicare alla passione, dimenticherà di rispondersi distratta dalla prima notifica sul cellulare.

Il mio quasi sposo ha lo sguardo inquieto, ai sorrisi dolcissimi verso di me che sono già a metà della navata centrale alterna espressioni cupe e gesti d'inconsulta insofferenza. Sta sull'attenti, i pugni serrati fino a imbiancare le nocche.

Anche lui sa tutto, forse. Di me, del mio amante. Potrebbe avermi vista ieri sera con lui nel giardino della villa, dopo le prove della cerimonia, che piangevo e lo pregavo di non lasciarmi fare questo passo, che sarebbe bastata una sua parola, un cenno, veramente anche solo un battito di ciglia – anche adesso, qui, durante la funzione – per mandare tutto a puttane, o meglio ancora di lasciare che tutto continui così, tanto Franco non si accorgerà mai di niente, tanto quando è a casa è distratto dal porno gay, perché l'unico aspetto indecente in tutta questa storia è la cronologia del suo computer e il suo amante. Oppure ci ha sentiti dopo, quando ci siamo nascosti fuori dalla portata della luna, nel frutteto e io mi sono gettata tra le sue braccia accoglienti nonostante lui mi resistesse e ho battuto i pugni sul suo petto e poi ho frugato con la bocca tra i lembi della camicia trovando sulla sua pelle l'odore che ormai da un anno sento sul mio corpo, anche su quello di Franco quando decide di fugare ogni sospetto scopandomi con passione di ritorno da un sabato di festa, ma mettendomi di schiena, per non inorridire alla mia vista.

Mi sono inginocchiata sul terreno umido. Le sue asperità brucianti conficcate nelle ginocchia (sassi, schegge, gusci) mi hanno ricordato ben altri tormentosi ardori. Allora l'ho guardato come gli piace: pronta a tutto. Però lui doveva almeno mettere mano alla cintura, frustarmi con la sua punta di cuoio un paio di volte il viso e poi la lingua. Il resto lo avrei fatto io, come si addice a una schiava che va in sposa a un uomo che non ama pur di salvare le apparenze. Per incoraggiarlo gli ho mostrato la lingua tra le labbra riarse dalla preghiera: ancora, ancora una volta, ti prego amore mio. Mi è salita l'acquolina in bocca di fronte all'erezione sotto la stoffa del pantalone, ho alzato gli occhi fino ai suoi guizzanti nell'ombra delle sopracciglia luciferine. Ma niente. Faceva ancora il glaciale, lui che fino a tre mesi fa mi prendeva anche due volte al dì come un farmaco e che poi ha deciso che basta, e che ora, con questa gravidanza di mezzo, me ne dovevo stare buonina a fare la moglie.

No.

Così ho cominciato a strofinarlo e a baciarlo e a leccarlo attraverso la stoffa ruvida, mugolando con trasporto, molto trasporto, affinché mi tappasse la bocca in qualche modo, per farmi tacere.

Forse è stato allora che il mio quasi sposo può averci sentito.

Mia moglie mi stringe il braccio: ecco la sposa avanza nell'abito di seta e pizzo dalle linee essenziali che dà risalto alla sua figura sottile, all'apparente evanescenza di una creatura terribilmente passionale, sanguigna e forse sanguinaria. Pronta a tutto. Mia moglie mi guarda compiaciuta e commossa e mi prende la mano così da includermi nella sua felicità. Non sa niente. Da quando questa storia è iniziata, e io ho ripreso il tennis e la boxe e a profumarmi e vestirmi come un diciottenne, sottace ogni sospetto dedicandosi a corsi di scrittura e stampando a pagamento voluminosi romanzi noir che poi finiscono a ingombrare box e cantina.

E comunque ieri sera non può averci sentiti. La nostra stanza, nella villa dove si terrà il pranzo di nozze, affaccia dall'altra parte, non può averci visti nel frutteto, avvinghiati e disperati, non può averla sentita, quando a un certo punto, mentre io resistevo al martirio della sua bocca, ripeteva: «Che poi il figlio è sicuramente tuo. Tuo, sì, tuo. E lo sai». E poi, dopo, i mugolii e le mie urla soffocate quando ha addentato il tiretto di metallo della zip e ha abbassato la lampo. Non ha usato le mani neppure per tirarmelo fuori. È stata aiutata dalla forza del pensiero, come una maga, o forse dall'eccitazione stessa che muoveva il mio cazzo, nonostante me. Ci ha passato sopra la sua lingua ispezionandolo in lungo e in largo, ci ha girato attorno. Poi ha iniziato a spingerselo dentro la bocca, nonostante me, prima facendo resistenza con le labbra carnose come un culo vergine, poi più dentro e sempre più giù, come una mangiatrice di spade, e mi guardava, piena di gratitudine, il trucco sbavato, gli occhi di stelle. Allora ho spinto anch'io, fino quasi a soffocarla, per amore, per odio, per semplice lussuria, trattenendola per i capelli fino a sentire il suo cuore pulsare sul mio glande come sulla mia cappella. Ed è stato a quel punto che qualcosa mi è sfuggito, l'urlo della disfatta è ciò che mia moglie potrebbe aver sentito stanotte dalla finestra che affaccia a est. Non può aver sentito quello che ha detto dopo, la promessa blasfema che ha sussurrato nel silenzio, dopo aver succhiato tutto e raccolta ogni stilla del mio seme perché i pantaloni non si macchiassero: «Stasera non mi laverò i denti, domattina non farò colazione. Voglio sussurrare quel solenne "sì", e le promesse, con il sapore del tuo cazzo in bocca».

E adesso sta lì, la sposa, il viso con il sapore del mio cazzo in bocca, davanti al crocifisso e accanto a mio figlio.

La mano di Franco è gelata. È bravo a fingersi commosso quando mi guarda, velata di bianco, nella noia della messa.

Però io amavo suo padre, non riamata, già prima di vedere la cronologia del suo portatile e di seguirlo, un giorno di quasi estate di due anni fa in cui mi aveva detto di essere in servizio e invece incontrò Vincenzo alle 9:30, sull'Ostiense, all'altezza dell'università di economia, per poi riprendere l'auto e andare su per la via del Mare, verso la luce, cosa che per lavoro ci poteva pure stare, non fosse stato per le tre ore trascorse in spiaggia (io nascosta al bar dietro un giornale e gli occhiali da sole) non fosse stato per quelle coccole e i baci e il petting feroce in acqua, come due commilitoni che giocano alla lotta.

Si può dire che dopo quel mattino io l'abbia amato ancora di più, suo padre. Anche in mio suocero cambiò qualcosa quando gli rivelai i fatti, come si fosse sentito in dovere di provarmi che non era a causa sua se a suo figlio piaceva il cazzo. Disse proprio così l'integerrimo uomo in divisa nella furia del nostro primo e indimenticabile amplesso. Sentii nella sua voce tutto il disprezzo, l'odio omofobo cui avevo ceduto anch'io, quel giorno di scirocco, al termine di otto mesi di non amore, quando mangiata tutta la cioccolata che Franco mi aveva regalato, mi ero masturbata godendo con rabbia, e poi avevo deciso di andare in cerca di una libreria e avere così la scusa per chiamare il mio futuro suocero perché mi aiutasse a montarla.

Non ricordo se pensai tutto questo. Più probabilmente si trattò di un impulso inconsapevole, di un richiamo ormonale che soltanto più tardi ho analizzato. Ultimamente si rompeva sempre qualcosa in casa. Sempre quando Franco era in servizio.

Mezz'ora dopo mio suocero mi aspettava seduto sulle scale come un ragazzino, in jeans, All Star rosse che mostravano caviglie glabre e sottili, abbronzate; camicia freschissima, bianca. I miei bracciali tintinnarono per la gioia. Poi fu tutto un ringraziarlo per l'aiuto e lodarlo per il suo senso pratico, un cercar martelli e chiodi e le sue mani grandi, mensole e viti e i suoi occhi severi, parlando, ridendo.

Una situazione ideale. Il *ménage* perfetto per tutti. Per la mia quasi suocera che non avrebbe più avuto sensi di colpa per il calo della libido post menopausa, per Franco e Vincenzo che non avrebbero avuto una moglie sospettosa di mezzo, per la moglie di Vincenzo, che ormai aveva un figlio, una casa bellissima e il cane e non voleva certamente un divorzio, o uno scandalo di quel tipo; era la situazione ideale per me che non volevo un matrimonio tiepido ma volevo anche una famiglia e dei figli, e che così, lasciando le bugie nel nostro privato, mi sembrava di poter essere felice anch'io. In definitiva era un rapporto conveniente anche per il mio sessantenne caldo e solido, che dal primo banco della cattedrale adesso mi guarda instupidito al ricordo della mia bocca, inorridito all'idea che io abbia tenuto fede alla promessa sacrilega, già pentito di avermi giurato che quella di ieri sarà l'ultima volta.

Gliel'ho detto troppe volte che sarà l'ultima. Glielo dissi subito, appena successo, quella volta che mi telefonò perché l'aiutassi con la libreria. Sapevo già di Franco e mi rigiravo di notte nel letto per i sensi di colpa, pieno di domande, di scontento. Non ne avevamo più parlato, io e lei, ma la nuova complicità che ci legava la sentivo ogni giorno più presente. Da quell'incontro i nostri odori si erano confusi – lei sapeva di bacche di sambuco – dalla rivelazione di quel segreto, quando mi cadde sul petto e pianse, si era creato un legame ingombrante. Da allora c'erano stati troppi sguardi, la domenica, durante il pranzo, durante le feste che ci vedevano complici e giocherelloni come padre e figlia. Capii di essere sulla via del non ritorno, quando mi accorsi di quanto ogni sua telefonata mi mettesse di buon umore. Mi sorpresi eccitato quando mi chiamò a causa di un guasto elettrico: corri, sono sola, ho bisogno di te, ti prego, Franco non c'è. Anche la volta dopo, per il problema con il nuovo televisore.

Quel pomeriggio, invece, l'aspettavo, la sentivo bollente la sua telefonata: la storia, la follia, la perdita di senso della realtà. Perciò ero andato dal barbiere, e poi a comprare una pianta fiorita per mia moglie. Mi precipitai, non prima di essermi acchittato come uno che vuole scopare, e l'aspettai. Ma fu lei a sorprendermi, così spettinata, struccata eppure bellissima, luminosa, i piedi magri e le unghie smaltate azzurro cielo nei sandali di cuoio.

L'imbarazzo lo smaltimmo durante il trasporto della libreria dal garage all'appartamento. Andando su e giù in ascensore pianificavo a voce alta il lavoro da fare affinché il silenzio non le restituisse il mio imbarazzo. Girava per casa in cerca di quell'attrezzo o di quell'altro, rideva nell'indecisione di non sapere dove sistemare la libreria, ma rideva anche per dissimulare la tensione per quella vicinanza, la stanchezza per tutto quel caldo, fuori e dentro. Mentre io leggevo il libretto d'istruzioni a prova d'imbecille e sistemavo viti e bulloni, mi raccontava di sé, di certi suoi amori, dell'uomo ideale che giustamente somigliava tantissimo a Franco. Ma forse più a me. A un certo punto sentii odore di salsedine. Forse perché faceva così caldo, o perché il cielo riflesso nel palazzo di fronte mi restituiva il mare, o per la salopette che lei indossava sulla canotta sconcia, come le ragazze con cui pomiciavo a trent'anni.

Le occasioni per essere infedele non mi sono mancate e le ho colte quasi tutte, sebbene negli ultimi anni mi fossi rassegnato al ruolo che il mio grado m'impone, freddato ogni impulso all'idea di capitare nel mirino di una erinni ossessionata dal #metoo e andare in pensione anticipata e con disonore. Lei, invece, quel pomeriggio eseguiva i miei ordini alla perfezione. Era attenta, sollecita nel porgermi ciò che mi serviva prima che glielo chiedessi: martello, pinza, cacciavite, metro. Un bicchiere d'acqua. Nel montare le assi, in tutto quel vai e vieni e tra le risate con sottofondo di emittente pop, ci siamo sfiorati più volte casualmente, poi intenzionalmente, prima lei poi io. Più la libreria si alzava e lo spazio tra me e il soffitto si riduceva e così il tempo a disposizione per noi, più le parole venivano meno. Quando però la vidi, in basso, nei pressi della scala, con un bicchiere di vino rosso appoggiato alle labbra e il sorriso malizioso, quando sentii che anche la musica era cambiata e che Sinatra aveva soppiantato le hit sanremesi, a quel punto divenni vigliacco e sbrigativo.

Scesi dalla scala e corsi in bagno. Feci il punto della situazione scrutando la mia faccia instupidita nello specchio. Sessant'anni, una splendida carriera, una moglie accondiscendente, un figlio meraviglioso. Quando uscii dal bagno, mi aspettava adagiata sul divano nella penombra. Avevo anche fame.

«Ho già detto a tua moglie che resterai qui a cena».

«Franco torna?».

«No».

Attese un po'. Si alzò e mi venne vicino porgendomi il bicchiere che aveva preparato per me: «Stasera tuo figlio è di turno». Un vodka Martini. Il mio preferito.

Quando è andata di là lasciandomi solo col mio bicchiere, mi sono messo a indagare tra i libri impilati sul pavimento. Romanzi, manuali di yoga e filosofie orientali.

Quando mi voltai, era sulla porta, nuda, bionda anche lì, ancora gocciolante, con un turbante in testa: «Vuoi fare una doccia?».

Poi ci sono state tante altre occasioni, stavolta concordate, altri guasti casalinghi e sue richieste di soccorso che arrivavano sempre quando Franco era di turno, altri pranzi domenicali durante i quali i nostri occhi cercavano di non evitarsi troppo, le nostre mani di non cercarsi.

Durante l'omelia, che ha sedato perfino quell'ipertesa di mia madre, ho avuto il tempo di voltarmi verso il suo banco. È inquieto. Sebbene interessatissimo alle parole del prete, il mio quasi suocero muove nervosamente la gamba.

Lo so già che tra una settimana ci vedremo nella casa al mare a Santa Marinella. Ogni scopata è sempre l'ultima per lui. Finché non gli ritorna la fame. E allora m'invia un sms. Mi scrive con un altro cellulare.

La libreria era perfetta là dove aveva suggerito lui. Illuminata dalla luce che entrava dalla finestra e da quella del lampadario. E la poltrona rossa davanti ci stava d'incanto. Mancava un tavolino, un portariviste. Ottima scusa per chiedergli di accompagnarmi a Porta Portese. Ma fu quando vidi che in cima alla scala lui mi guardava con occhi febbrili, ed erano già le otto, che capii che era la serata giusta. Me lo confermò quando gli comunicai che sarebbe rimasto a cena da me: sbiancò e rifiutò debolmente. Ma le sue All Star rosse senza calzini parlavano da sole: quel figo di tuo suocero non esiterà un secondo a scoparti selvaggiamente, se glielo farai capire, meglio ancora se glielo dirai a chiare lettere.

Perché fanno così. Preferiscono che sia tu a prendere l'iniziativa. Assaggiano e poi decidono se ne vale la pena. Assaggiano, magari consumano con una certa frequenza, e se si stufano o se rivedono il proprio giudizio, si smarcano da ogni responsabilità: sei stata tu a cominciare. È tipico, così scontato che sapevo già che cosa avrebbe detto, poi, dopo essersi saziato prima lì in salone, in piedi, proprio sulla soglia e poi sul divano, spalliera, bracciolo, infine seduta, poi sotto la doccia e di nuovo in cucina, dopo il pollo alla diavola e il dolce. Un vero mago con le dita e con la bocca, mio suocero. Un virtuoso. Calmo, autorevole. Mentre dormiva, dopo il sesso, tracciai con lo sguardo il profilo del suo corpo muscoloso, mi perdetti nella radura ampia del suo petto, ascoltai il suo respiro e sentii dentro di me la quiete della ragione. Se anche Franco fosse rientrato prima e ci avesse sorpresi, non avrebbe potuto avanzare nessun diritto, fare scenate.

Mia moglie mi guarda con gli occhi bagnati di lacrime. Io la rassicuro passandole il dorso della mano sul viso. La prima promessa è andata e anche la seconda, quella sulla fedeltà. Conoscendo il carattere della sposa, per un attimo ho tremato quando l'ho vista voltarsi verso di me. Ma dopo la pausa ha risposto al prete, tutta piena di emozione, con quella bocca che sa ancora del mio cazzo. L'ultima promessa, quella sulla prole, è già stata mantenuta, sebbene lei sia così sottile che davvero non si nota. Ma è una falsa magra. Ha fianchi capienti e seni grandi. La sua fica è stretta, elastica come nemmeno mia moglie ventenne. Al contrario di mia moglie, la quasi sposa che sta promettendo di accogliere mio figlio nella sua vita è generosa, non ha inibizioni. Si prende cura anche dei miei piedi. All'apice dell'orgasmo, magari il quinto, inizia a lavarmeli con lacrime e saliva. O quando mi prega perché è affamata e ne vuole ancora. Però riesco a saziarla. E ci riuscirò finché non deciderà di trovarsene un altro e di lasciarmi libero, quando non sarà più una minaccia per Franco, per mia moglie e per me. Nel frattempo continuerò a ordinarle di smetterla di chiamarmi e di cercarmi e lei continuerà a disobbedire, così che io possa punirla ancora. Nel frattempo diventerò nonno, o, più probabilmente, padre.

Quando in chiesa scoppia l'applauso, riesco anch'io a piangere. Tutti gioiscono attorno a me. Franco e la sposa si apprestano a uscire. Io trovo mille ostacoli che m'impediscono di baciare la sposa.

Mi si vede, nella foto di gruppo sulla scalinata della cattedrale dai guizzi barocchi, tra mio figlio e mia moglie, arreso.

ANGELINA

Angelina è carezzevole come il suo nome, il suo viso rotondo rimanda a una giornata d'inizio estate, frizzante, luminosa; quando ride, arriccia il naso e si copre la bocca per via dello spazio tra gli incisivi superiori; gli occhi mantengono sempre un fondo di tristezza, di tragedia avvenuta.

«Semplicemente te ne sei dimenticato, Antò – lo chiama così quando ce l'ha con lui – bastava usare la app di Trenitalia e avresti preso il posto lato corridoio, non finestrino. Non mi puoi mettere in una condizione del genere» gli aveva detto la sera prima piagnucolando sulla pizza rucola e bufala. «Seduta al posto finestrino dovrò fare i salti mortali per farmi notare».

Quando litigano, se per esempio Angelina è recalcitrante verso una delle proposte hot avanzate dal giovane marito sessualmente bulimico e s'inventa tutte le scuse possibili per non accontentarlo, i due si concedono una sveltina riparatrice, per esempio su una via laterale del corso del paese arroccato su un colle laziale, segnato sulle guide per una bellezza o squisitezza o storia della Roma antica che connotano ogni angolo e pizzo e colle e pianura dello stivale. Così quella domenica, usciti dalla pizzeria, fecero l'amore tra i calcinacci nel cortile di un palazzetto nobiliare in ristrutturazione, mentre alle finestre buie che affacciavano sull'interno illuminato soltanto dalla luna si assiepavano i fantasmi, risvegliati dapprima dai dinieghi di Angelina e dalle insistenze del marito e poi dai sospiri di entrambi, carezzevole memoria di un passato così opaco da non ricordare neppure la ragione del loro stare ancora lì a vagare per quelle stanze vuote.

«E nemmeno mi va di cambiare posto. Pure se è libero. Sono scaramantica, lo sai» aveva aggiunto, nascondendo il sorriso dietro la mano paffuta stavolta per mostrare ai paesani la fede nuziale ancora lucida lucida.

«Cambiare posto porta sempre sfiga».

Angelina ha letto di persone che cambiando posto sull'aereo o spostando il volo erano morte. Certo, sì, altre, però, per la stessa ragione si erano salvate. «Comunque è un rischio!» aveva esclamato sull'onda dello spavento, allargando gli occhioni nocciola confusi nel trucco pesante, dopo aver immaginato se stessa dilaniata dal metallo della carrozza 8 dopo lo scontro mortale, ma seduta sul lato corridoio, quello non destinato a lei. Poi, per non avvelenare di pianto il profiterole che il cameriere stava servendo loro, si era rivolta a Toto e con voce dolcissima aveva concluso: «Va be', amo', tentiamo la fortuna, poi se il gioco non riesce, pazienza, vorrà dire che ci riproveremo».

Il giovane marito l'aveva ascoltata a tratti, addentando di malavoglia la pizza ai peperoni e dondolandosi sulla sedia. Di tanto in tanto si fermava per alzare su di lei uno sguardo di sufficienza e poi riprendeva.

Fa sempre così. Ma lei non ci bada più a quel grugno da animale stolto. Anche suo padre fa così. Anche il suocero. Tutti gli uomini che Angelina conosce fanno così. Lasciano che le donne si lamentino e poi ne ridono tra loro emettendo risate sonore e grugniti. Anche suo nipote che ha soltanto sei anni si comporta così, quando la madre gli fa il bagno e strilla tanto che lei lo sente dall'altra parte della casa, una casa immensa, un paese nel paese, una quadrifamiliare fuori dal centro storico costruita da suo nonno per i figli e per i nipoti e per i figli dei nipoti.

Infine, quando la giovane moglie la smise di piagnucolare per quella sciocchezza del posto lato finestrino, Toto le aveva passato la mano bonaria sul viso in segno di perdono. Così come aveva visto fare a suo padre e a suo nonno, e a tutti gli altri. Ma poi, avevano pensato entrambi, guardandosi pieni di desiderio attraverso la bottiglia di Coca Cola, quel pianterello e quella manifesta indifferenza, tutto quel mettere il broncio lì in pizzeria, è soltanto una tecnica anche piuttosto puerile per sedursi, per accendere la scintilla, perché quello che dovrebbe essere un atto di intima condivisione diventi qualcosa da poter raccontare agli amici.

Gli amici. Perché Toto non è l'unico fottuto dalla smania social lì tra i galletti ruspanti del paesello, dalla fregola esibizionista del "famolo strano un botto": in chat, in video chat, con cougar, milf, coppie. E vai di selfie e vai di reel, vai di tutto quello che si può fare nel silenzio tombale del proprio io. Non è il solo, lì in piazzetta, che abbia giurato a se stesso e alla sua sposa che mai sarebbe imbolsito davanti alla tv, che mai quegli addominali sarebbero stati risucchiati dalla ciccia, o che il fuoco della passione avrebbe smesso di ardere tra le mura domestiche, sebbene abitino ancora con i suoceri, nella casa immensa ai margini del paese.

L'idea che il sale della vita sia tutto in quei pochi istanti d'estasi ha contagiato anche Angelina, che non è l'unica tra le amiche del cuore ad aver fatto della spregiudicatezza sessuale una bandiera. Se n'è fatti almeno sedici su venti (così le sue amiche) dei ruspanti amici della comitiva con jeans ultima moda e appendici tecnologiche luminose e chiassose come un luna park. Sedici senza contare Max, suo cugino alla lontana, cui a tredici anni aveva fatto un lavoro di bocca in auto, sul belvedere, e poi un'altra roba veloce due anni dopo a Torvaianica, in cabina, una pomiciata di quelle da slip fradici per la paura di restare incinta, e dalla voglia che poi le era rimasta per giorni e poi non se l'era scordato più. Max.

Ma d'altra parte se sei nata social e campeggi tra piazza e pizza al taglio da quando fai le medie, può anche capitare di credere che l'unica via di realizzazione sia sposarti con il primo che ti fa ridere, con quello che ti illude o con lo stronzetto arrogante che pensa di poter fare a meno del preservativo e tu gli dici di sì per non sembrare una ragazzina o perché sei ubriaca, e corri il rischio, anche se non ti piace veramente, perché l'importante è scappare da lì, anche se poi lì dovrai restare, benché non ti piaccia, perché anche lui vuole la stessa cosa: postare sul wall duemila scatti del vostro sposalizio vecchio stile, fare scenate di gelosia e menare le mani come nelle canzoni, non dover più dare spiegazioni a nessuno, nutrirsi di serie tv fino all'alba spalmati sul divano a fare gli innamorati per un paio di anni, prima di domandarti (di domandarvi) perché cazzo fingi di essere felice quando vorresti morire ogni mattina appena aperti gli occhi e che cazzo ci stai a fare lì a perpetrare quell'eredità semplice semplice: la resa.

Con una salvietta disinfettate Angelina pulisce il sedile e lo schienale azzurro unto che non se ne andrà mai del posto 23, carrozza 8, copre il poggiatesta con un fazzolettino di carta come fa zia Nunzia. Si sfila il cappotto rosso brillante e lo piega dalla parte della fodera, lo poggia sul sedile accanto, lato corridoio, ovviamente vuoto. Compie ogni gesto con lentezza e attenzione: questa va qui e quello, lì. Siede senza curarsi degli sguardi che lambiscono ogni parte del suo corpo.

Accavalla le gambe. Le scavalla. Cerca una posizione. Fa passare un certo tempo tra un movimento e l'altro, gioca un po' con i capelli mentre si finge interessata al paesaggio, si passa le mani sul gonnellino scozzese e allinea le pieghe, smanetta sul cellulare e fa le smorfie, sorride.

Contrariamente a quanto affermato la sera prima tra i singhiozzi, tutti i passeggeri dello scompartimento, senza distinzione di sesso o di età, hanno notato Angelina, nonostante il posto finestrino, mentre armeggiava attorno al sedile, anzi prima, almeno quelli seduti a favore della banchina della piccola stazione, e che adesso hanno gli occhi fissi su di lei nella speranza si decida a mostrare un altro pezzo di coscia giovane, magari sollevando un po' di più il kilt per tirarsi su la calza.

Il tizio che le sta di fronte, mezza età, tarchiato, in viaggio per il funerale di un amico, non vede un mini kilt dagli anni '90, da quando li indossava sua figlia ragazzina, così si sorprende, per un attimo abbandona la conta dei giorni che gli restano prima di finire anche lui sottoterra e sorride senza malizia; la ragazzina che fa su e giù per lo scompartimento neppure sa cosa sia un mini kilt ma s'incanta a guardarla, con tutto quel luccichio che ha in faccia, come una bambola; l'anziana alza gli occhi dalla settimana enigmistica ed esprime disappunto per il mini kilt con un no della testa, si volta e spia Angelina riflessa nel finestrino, che quando il treno entra in galleria (e su quella tratta ce n'è diverse) pare proprio di stare al cinema; ad avercele quelle cosce, recrimina la ragazza mentre su Twitter inveisce contro il bodyshaming e contro la propria natura pianeggiante; l'uomo alto dall'aria perbene è sbrigativo, lui immagina Angelina già piegata a squadra su uno di quei sedili lerci, il mini kilt sollevato, la schiena inarcata, la bocca spalancata e gli occhi rivolti all'insù mentre gli chiede, supplichevole, di dargliene ancora, poi l'uomo sbrigativo fa tremare la mascella e pensa a quella cagna di sua moglie che lo ha lasciato; il valente medico dai gusti sapidi si passa la mano tra la barba che nasconde il mento sfuggente e si domanda quanto siano arrossati, e forse anche un bel po' impastati di sudore, i bei piedini della ragazza in mini kilt, così strizzati nelle calze di cotone pesante e in significative tacco dodici con plateau;

«*oh, shit*» mormora addirittura un turista biondo con moglie bionda e una mandria di figli biondi, scorgendo finalmente un filo di carne bianchissima tra l'orlo scozzese e la calza nera, «*oh, shit*» e si passa con fare poco british la mano proprio lì facendosi scudo con lo zaino; la quarantenne con il ciuffo blu solleva lo sguardo dal computer. E chiude il file e si mette a guardare Angelina; l'adolescente si mangia le unghie e alza ancora un po' il volume della musica, arrossisce alla vista di quell'abbondanza, al mini kilt che ha visto solo in certi video hard, al maglioncino pelosetto aderente e bianco, che mostra protuberanze mai viste dal vivo, la carne sui fianchi, tra le cosce. Si masturberà a vita su Angelina. E Angelina lo sa.

Viaggia leggera. D'altra parte quegli spostamenti avvengono in giornata, su tratte abbastanza lunghe da avere carrozze comode con bagni decenti, ma che le consentano di tornare rapida al paese per non perdere la lezione di fitness, il gospel in parrocchia dove suona uno che è proprio uguale all'attore Favino, quello di *Suburra*, quello della pubblicità Barilla e di Sanremo, e che anche se non è lui una sveltina se la farebbe pure, col chitarrista, Angelina. Ma di nascosto da Toto, che anche se vuole fare quei giochini da esibizionisti sui treni e on line, in un caso così la lascerebbe, per orgoglio, perché il chitarrista non è uno del gruppo. E così lei passerebbe per troia, sarebbe condannata a un futuro da troia. Così sogna che una sveltina se la farà comunque, al minimo accenno d'interesse, perché anche se il tizio non è Favino, e anche se dell'attore c'ha soltanto il viso maschio e i capelli neri, vive nella capitale e sta lì ad accompagnare il coro della parrocchia con l'aria scazzata di chi c'avrebbe meglio da fare.

Angelina e Toto prendono spesso il Roma-Latina, orario di punta, che ferma al paese e arriva fino a Salerno, sperando non ci siano rallentamenti o guasti.

Una volta usciti dal bar della stazione i neo sposi si baciano e si separano per finta.

Toto, infatti, non la perderà di vista un attimo, come se fosse roba propria.

Quando Angelina incontra qualche paesano sulla banchina, e quello, o quella, con una scusa qualsiasi si avvicina per impicciarsi: «N'do vai, che fai...», lei inventa sempre cazzate riscontrabili. La maggior parte dell'attesa si consuma per lo più tra qualche svapata e in chat con le amiche, che giustamente sanno del viaggio e del gioco perché anche loro lo fanno.

Toto se ne sta nascosto nella sala d'aspetto e tiene d'occhio i binari, i paesani e lei. Svapa e ovviamente chatta.

Impaziente e nervoso, muove gli occhi blu dallo smartphone alla banchina.

Questa storia non gli piace, ma dicono che il bello è tutto lì. Lo dicono gli amici, certe serie tv, il GF Vip, il GF. Lo dicono i follower che hai. Dicono anche che lui, il maschio, deve avere il controllo della situazione e della troietta. Perché anche lui (come gli amici) se n'è scopato almeno sedici delle venti del gruppo, e quelle chiacchierano, e gli hanno pure detto che sua moglie fa le fusa al chitarrista che assomiglia all'attore di *Suburra*. Ma in realtà lui lo sapeva già. E sa pure che ogni tanto

Angelina incontra suo cugino Max, che pure se sta a Latina, ha moglie e figli e spesso alloggia in carcere, e ogni tanto una ripassatina gliela dà alla cugina. Perché non c'è cosa più divina.

Perché Angelina è così e lui lo sa. Lo sa da quando giocavano a campana in piazzetta e lei si alzava la gonnellina ogni volta più su, perché lei ha bisogno di molte attenzioni, di stare al centro della scena, di avere la scusa per andare dal parrucchiere almeno tre volte al mese, a Roma il sabato, in pizzeria la domenica, di riempire i vuoti di cui quella realtà è fatta, e così lui l'accontenta in tutto e lascia che faccia la troia in pubblico, e poi se la scopa urlandole «puttana». Intanto è lui a comandarla, a dirle cosa indossare, come camminare, cosa fare. È lui che la rende ricattabile scattando foto e video, con lei consenziente, nuda, pura. Materiale che durante le pause in carrozzeria seleziona e archivia per usarlo un giorno contro di lei, quando si sarà annoiata e se ne vorrà andare, facendogli fare la figura del cornuto, al massimo tra un paio di anni, prima di rassegnarsi a suon di botte e minacce a manifestare la propria infelicità, così da rendere più credibile quella finzione.

Ma intanto Toto la ama e a parte quell'aria di sufficienza quando la guarda non le ha mai torto un capello. Per ora finge di credere sul serio che il sesso sia l'unica cosa importante. Intanto gioca.

Gli piace, poi, mantenere il mistero con gli amici, fare la bella figa almeno per un po'. In realtà sa che a non dirle, certe cose, l'eccitazione dura di più. Ma loro insistono. Loro sono come fratelli e vogliono conoscere tutti i particolari, e sicuramente anche Angelina vuole che loro sappiano. E allora lui racconta tutto per filo e per segno. Perché sia chiaro che lui la tiene in pugno, e perché come fai a farti sfuggire una fortuna come quella, che a vederla sulla banchina accarezzata dagli sguardi di paesani e turisti, mentre passeggia e ogni tanto si volta verso di lui, lo fa sentire onnipotente.

Come adesso, che dal sedile in fondo alla carrozza 8, esattamente dall'altra parte rispetto alla moglie, vede il controllore che chiede il biglietto ad Angelina e lei che finge di non trovarlo, così arrossisce e diventa ancora più bella, così si alza tutta allarmata, mentre l'intero scompartimento la guarda assieme a lui, si china ancora e di più e ispeziona i sedili, con calma, con metodo, casomai quel maledetto biglietto fosse lì. Infine lo trova, stavolta con un certo disappunto da parte di platea e controllore. Un po' anche di Toto.

Una volta che il marito si è alzato per andare in bagno, e le ha inviato l'ordine di raggiungerlo alla toilette, la cosa si conclude in meno di trenta secondi.

È tutto il resto che conta, è la preparazione, è l'esibizione che deve svolgersi come si deve, così da poter essere raccontata più che vissuta. Perché una vita senza eccezionalità non ha senso. È il preliminare il succo di tutto, è il pathos che Angelina riesce a creare assieme a loro, ai viaggiatori, agli inconsapevoli pendolari, alle anime perse, a quelle imbruttite, cupe, forastiche, distratte, a chiunque capiti nello stesso scompartimento di Angelina. Alla voglia che fa venire a lui, quando smette di ricordarsi che è sua moglie.

Scesi dal treno, Angelina e Toto aspettano sulla banchina, davanti alla carrozza 8, che il treno riparta.

Poi vanno al bar della stazione, sempre tenendosi per mano, e in silenzio aspettano il treno che li riporterà al paese. Alla radio mandano la loro canzone preferita.

L'ACCOMPAGNATORE

Ero atterrato quella mattina. Nicoletta mi aveva telefonato e mi aveva supplicato con voce fragile di accompagnarla alla festa della sorella del suo ex, l'unico uomo che l'avesse mai amata: «Ti scongiuro, Mimmo, non posso andarci da sola, e non posso nemmeno non andarci, sono l'architetta responsabile della ristrutturazione della villa, ti prego». L'architettura non c'entrava niente con il bisogno di vederlo. Dopo una lunga pausa, perché se ero stanco di sentirla piagnucolare su Alessio ero anche curiosissimo d'incontrarlo, le chiesi di essere almeno puntuale perché non volevo fare tardi.

Io, in questa storia e nella vita, sono l'accompagnatore. Non uno che lo fa per mestiere, ho già un bel lavoro, direi, piuttosto, che lo faccio per vocazione. Perché il mondo è popolato anche da persone che considerano il coito in sé niente più che un aspetto marginale, qualcosa che viene dopo la professione, la musica, i viaggi, l'amicizia, e che, se anche non ci fosse, non aprirebbe in loro (in me) alcun abisso di nevrosi. Sto parlando del desiderio per un altro corpo che arrivato al culmine cerca sfogo, una finalità precisa attraverso l'atto meccanico e che provocherà nei protagonisti dell'azione lo sperpero, per pochissimi istanti d'estasi, di tutto quel ben di Dio di materiale erotico su cui potrebbero, viceversa, fantasticare per anni.

Tranne mio padre che continua a chiamarmi frocio, tutti pensano che io sia pieno di donne e chi me lo fa fare a sposarmi. Ed è così. Ho l'agenda piena di contatti femminili. Insomma, è così, ma non come pensano loro. A tante torna comodo l'amico che tiene le mani a posto e che al bisogno le scarrozza in giro, discreto da defilarsi al momento giusto, quando hanno finalmente adocchiato la preda perfetta. Il ruolo di accompagnatore mi ha consentito, dalle elementari fin qui, di conoscere intimamente creature di genere femminile tra le più belle e le più perverse. L'indimenticabile Raffaella, in prima media, che mi trascinava per camerini a provar vestiti, i suoi capelli biondissimi e ricci che perdevano forcine colorate e che io rubavo, conservandole per trofeo; Alba che mi voleva in spogliatoio prima di ogni partita perché le massaggiassi le cosce, cui rubai un paio di calzini di spugna, usati; Linda, scientifico, che, dopo aver tirato fuori dal cappotto i soldi per pagarmi la lezione, mi mostrava i seni senza che glielo chiedessi, per gratitudine, diceva. Sono stato un privilegiato rispetto ai miei coetanei che mi chiamavano palle mosce ma m'invitavano a tutte le loro feste, ospite di riguardo strattonato da una e dall'altra.

Insomma esistono anche uomini, e donne, che cercano per sé impensabili spazi di godimento, che usano alcuni sensi, per lo più trascurati dalla maggior parte, a discapito di ben più tattili, e banali, strumenti di conoscenza e di piacere.

Nicoletta era ben oltre il perdonabile ritardo quando vidi accendersi le luci nell'androne del palazzo alla Camilluccia. Il sorriso erculeo che mi mostrò varcata la soglia del portone mi dette l'esatta misura della tensione emotiva e della profonda disistima che provava per se stessa. In un certo modo la capivo, aveva preso in carico la ristrutturazione della villa su progetto del suo ex, dopo che lui era partito per New York per lavoro e per sposare la sua ricchissima nuova fidanzata americana. Sulle scale del luminoso e signorile condominio barcollò, travolta da una folata di primavera o più probabilmente da un pensiero funesto. Scese i gradini tenendosi in equilibrio tra pochette e smartphone.

Nicoletta è longilinea, seni piccoli, occhi sottili che virano sul verde. È così magra che ad abbracciarla sembra dissolversi. Ha la carnagione olivastra, molta lanuggine ascellare e pubica, una splendida sorpresa che mi riservò due inverni fa, a Saturnia, di notte, io sobrissimo e a cazzo dritto, mentre lei, sbronza e fumata, dava di matto per l'ennesima scopata inutile.

Diversamente da me, Nicoletta è una che attraverso l'atto sessuale, specie se violento, s'illude di dissipare sensi d'inferiorità e di acquisire, grazie alla cessione del bene, l'inoppugnabile diritto a essere riamata dallo stronzo che l'ha caricata in auto davanti a una discoteca. La mia amica lo ciuccia a maschi sconosciuti per rendere loro grazie di averla riaccompagnata a casa o portata a cena fuori, per dimostrare a se stessa di essere la più bella. Si scopa il marito della sua migliore amica, il nuovo vicino di casa. Lo fa da anni e poi piange, ostinandosi a non tener conto del fatto che il maschio accetta per lo più di buon grado un pasto gustoso, e gratuito, andando via sazio e a volte senza ringraziare. Piange anche se non le piace. Piange perché sa di essersi fatta ancora una volta del male. Ma non sa come smettere.

Quando Nicoletta fu a pochi passi da me notai la smagliatura della calza che si estendeva dal ginocchio a chissà dove sotto l'abito di chiffon, come una scala di luce.

«Ti garantisco che sei ancora più sexy» la prevenni.

Lei scosse la testa. Poi rise stridula.

«Allora sali a cambiarla» le suggerii.

Fece di no e alcune ciocche sfuggirono dall'acconciatura, così da renderla perfetta.

Soltanto Nicoletta può permettersi un trench rosa su abito marrone terra bruciata e verde.

Pensai che Alessio l'avrebbe trovata troppo magra, in compagnia di un tizio che non poteva essere il suo uomo, e con una calza smagliata. Quindi fui certo che la serata sarebbe andata di merda. Per lei ma non per me. Anzi la persuasi che tutto sarebbe andato benissimo. D'altra parte il mio compito di accompagnatore è anche quello d'incoraggiare: «Ma sì, dai. È letteratura. La calza smagliata fa venire in mente scene di sesso consumato in fretta, prima di uscire, magari in ascensore. Hai presente certi film alla Cimino? Credimi, Nicolé, il tuo ex vedrà rosso davanti a questa roba». Raggiunsi con il dito la sua gamba e la percorsi fin sotto la gonna. Lei mi picchiò così per ridere con la borsetta, io la provocai ancora, volevo che scaricasse l'ansia, almeno un po'.

Con la maturità gli strumenti conoscitivi di un accompagnatore si arricchiscono di nuovi trucchi. Le tecniche per far rilassare una donna dipendono da milioni di condizioni: clima, luogo, tempo a disposizione. Avesse piovuto, non mi sarei mai messo a giocare ad acchiapparello attorno all'auto fino a farla arrossire come una ragazzina scalmanata. Così, ebbi anche modo di annusare l'aria cercando di indovinare quale profumo avesse scelto. Tra affanno e sorrisi le aprii la portiera dell'auto. Nicoletta si accomodò. Notai le sue caviglie sottili e i piedi ossuti, i sandali gioiello dal tacco altissimo. Con la scusa che la cintura faceva ancora troppa resistenza, era quasi vergine dissi esattamente guardandola, mi allungai su di lei così da trovare nuove tracce: era a pochi giorni dal ciclo, quel minuscolo brufolo proprio vicino a una narice me lo confermò, come la nota acidula sulla pelle, per quanto impercettibile a un naso meno attento che probabilmente avrebbe sentito soltanto l'inconfondibile fragranza di sandalo. Il desiderio, o forse la paura, traspariva dai suoi capezzoli sensibili perfino al tessuto leggero dell'abito.

Durante il tragitto verso destinazione mi parlò del libro che stava leggendo, un manuale su come essere felice, guarire le ferite, smetterla di autocommiserarsi, di fumare, di bere, di masturbarsi compulsivamente, insomma tutte cose che lei non avrebbe mai smesso di fare. Inopinatamente sbottò, mantenendo però un che di signorile: «Se sento ancora 'sta lagna mi lancio dall'auto in corsa».

Tolsi Chet Baker e passai a una compilation di successi ballabili. Tirò fuori dalla borsa una canna. Io mi guardai bene dal dirle di non accenderla, tra l'altro sapeva che odio il fumo. Non volevo privarmi dello spettacolo del primo sballo della serata, sicuramente amplificato dall'emozione di rivedere l'ex e dallo stato dei suoi ormoni, ormai gettati nel caos delle emozioni viscerali, dell'irragionevolezza puerile. Al quarto tiro iniziò a muoversi, prima timidamente, accennando movimenti di spalle e mani, sensualissimi, poi fianchi e gambe. Quando sentì la musica anche nei piedi, non si tenne più e aumentò il ritmo fino a far tremare l'abitacolo. L'emozione incontenibile trasudava perlacea dall'incavo delle sue ascelle, stavolta perfettamente depilate, spandendo nella mia nuova auto afrori che sarebbero presto stati assorbiti dalla pelle del sedile, del bracciolo, delle maniglie cui Nico stava aggrappata per tenere dietro al ritmo di *Sex Machine*.

L'inquietudine per quella serata in un ambiente del tutto sconosciuto – Nicoletta mi avrebbe certamente abbandonato come un coglione davanti al buffet, come d'altra parte è scritto nel destino di ogni accompagnatore – svanì al pensiero che, tornato a casa nel garage del villino, mi sarei divertito a cercare, chino sul sedile, il suo culetto magro ma volenteroso che lì aveva ondeggiato; scie odorose dell'abito che lì aveva strusciato lasciando invisibili resti di peli, pelle, squame di cosce, di fianchi, di spalle; la mia mano, quella libera, aggrappata alla maniglia dove era stata la sua; sulle tracce delle sue unghie rapaci piantate nella pelle.

Perciò a un certo punto alzai il riscaldamento.

Volevo vedere il suo labbro superiore, sottile e punitivo, bagnarsi di dissetanti perle, aloni vergognosi allargarsi sullo chiffon, quel tono appena più scuro che l'avrebbe spinta alla disperazione: «Mo' 'ndo cazzo vado co' l'ascella tatuata sul vestito?».

Volevo rendermi necessario, essere stampella per lei, guida, alleato imbattibile.

Ogni volta che lungo il vialetto della villa sull'Appia antica, illuminato da immancabili fiaccole, mi fermavo per cederle il passo, Nicoletta rideva impacciata e muoveva le mani lunghe sulla fronte, sulla testa, così da far svolazzare altre ciocche davanti al viso. I suoi accompagnatori abituali la precedevano di almeno due passi, lasciando che le porte dei ristoranti si abbattessero su di lei dopo il loro passaggio. L'interno della villa si presentò ai miei occhi come già sapevo: un'ubriacatura molesta di profumi e lacche e carni di umanità e di cibo, di arredamento impersonale. Antonia, la famosa sorella di Alessio, ma alleata di Nicoletta, lanciò un urletto verso di noi. Nicoletta si scosse da chissà quali pensieri e le rispose una nota sopra, in tonalità festaiola. L'altra abbandonò gli ospiti cui sicuramente stava raccontando l'epopea della ristrutturazione e si precipitò verso di noi. Dismise l'espressione ilare, mi salutò con un sorriso vago come sapesse chi fossi, e si portò via Nicoletta: «È lei l'ospite d'onore» si giustificò.

Nicoletta mi aveva abbandonato come uno stronzo molto prima che arrivassimo al buffet.

Ma un accompagnatore esperto incassa umiliazioni ben più urticanti. Livia, per esempio, la più bella della sezione C, due bombe che me le sognavo ogni notte, mi lasciò davanti al liceo, alle sei del mattino e in balia di un gruppo di bulli di ragioneria, dopo avermi pregato di accompagnarla in settimana bianca; Carla, borderline dai capelli colorati con il talento per i disegni erotici e la fissa per i manga, che mi dava buca tre su tre, lasciandomi in attesa fuori dalla discoteca o dal concerto di cui avevo, su sua richiesta, già acquistato gli ingressi. Ma presto avevo capito che quanto più me la facevano sgarbata, tanto più tornavano da me disgustate di loro stesse e bisognose di una spalla su cui piangere. Nel frattempo mi raccontavano sin nei particolari e senza nessuna vergogna i loro fatti intimi, ripagandomi per quelle umiliazioni con del materiale pornografico inesauribile e lasciando sul mio petto le loro lacrime e il loro dolore.

Non potrei mai aiutarle, no, il mio ruolo di muto spettatore, di consolatore passivo, non mi permette di salvarle dal fare gli stessi errori ogni volta. Neppure quella sera alla festa, con Nicoletta.

I buffet erano inavvicinabili. Facendo lo slalom tra i gruppi di ospiti aguantai una porzione di prevedibili tartine e fui coinvolto in una discussione sulle energie rinnovabili, dissi la mia come marketing manager di una multinazionale e fui tallonato per una decina di minuti da una bionda già brilla e in cerca di un uomo, poi mi rimisi a caccia dei camerieri.

In una sala dal soffitto basso, calda e intima, seduto sul bracciolo di una poltrona di pelle prevedibilmente sistemata accanto al caminetto spento, c'era Alessio. Stringeva una sigaretta tra le labbra carnose, il naso deviato esaltava l'insieme fin troppo docile del viso, le spalle erano incurvate da un peso che sembrava insostenibile, il petto ampio, su cui nessuna donna presente avrebbe disdegnato di posare il capo, era dolorosamente concavo, le mani grandi e ben curate abbandonate sul grembo, arrese. Lui non mi vide tanto era inabissato dentro se stesso. Rimasi qualche istante sulla porta domandandomi se pensasse a Nicoletta, poi per inerzia continuai a esplorare la villa, non la cercai, non mi misi sulle sue tracce sperando di nutrirmi dei suoi (loro) orgasmi. Ora che le folle si erano ammansite riuscii ad avvicinarmi al buffet, ascoltai, non volendo, una quantità infinita di luoghi comuni, com'è anche giusto che accada a un party.

Esco sulla terrazza che dava sul giardino e li trovo. Sono distanti, in giardino. Discutono. Lei è ansiosa, i suoi acuti arrivano fin qui, però si muove leggera come una creatura dei boschi, una ninfa. Emana una speciale luce. Alessio è fermo come il buio, le braccia palestrate aderenti ai fianchi, i pugni serrati, lampi di crudeltà, immagino, si muovono nei suoi occhi: perché mi hai seguito? Che cosa cazzo vuoi ancora? Tra noi non funzionerà mai, vattene, sono sposato le dice, forse, tra i denti. Rigido e immobile com'è, traendo forza dal desiderio disperato e solo da quello, Nicoletta riesce a spingerlo più in là nel grande giardino, nell'ombra, dietro un gruppo di siepi dai rami gittanti.

Per me il tempo trascorre veloce, immerso nei suoni della natura. In sottofondo una band suona discretamente *Over the rainbow*. Per lei, per la mia fragile amica, il tempo si trascina vorace nella richiesta della grazia e della concessione brutale da parte del maschio che infine cede: un bacio a tutta lingua e frettolosi sfregamenti. Poi subito al dunque: doloroso, umiliante. Inutile per lei e per lui. Il tempo d'intercettare un cameriere e bere tutto in un sorso e gli amanti hanno finito. Sento la voce grave del maschio irritato, sento le note trattenute di lei e insistenti e stanchi «ti prego». Esce lui per primo dall'ombra delle siepi. Si passa le mani tra i capelli, li tira indietro e poi li spettina di nuovo, cinta, cerniera, pacco: tutto a posto. Non l'aspetta nemmeno. Nicoletta lo raggiunge, lo chiama. Incespica un paio di volte sulla salita erbosa che lui ha preso. Non si rassegna. Almeno per quei pochi metri che la separano dalla gente, dalla realtà, mantiene lo sguardo supplice da questuante che insiste.

La guardai mentre consumava la sua ultima dose di stima per se stessa. Rimase impietrita, l'espressione vacua. Quella notte ci misi ore per levarmela di dosso. Ci provò come la Salomè, la guardavo, ubriaca come non ci fosse un domani, il trucco sciolto.

È prevedibile Nicoletta. Perciò l'ho sposata. Nella mia idea di lei, nella conoscenza che ho avuto della sua persona da quel giorno in avanti, toccando quello che lei tocca, odorando ogni mattina il suo asciugamano nel bagno o la tazzina del caffè, posso darle una seconda vita, una nuova chance. Con me, che lenisco le sue ferite, che la soccorro ogni volta che si fa male, Nicoletta si è trasformata in una splendida creatura sicura di sé, una dominatrice. E finalmente, sollevandosi sopra di me come una guerriera, ordinandomi di leccargliela come soltanto io so fare o di accompagnarla in un locale mentre lei cerca qualcuno da scoparsi, ho fatto sì che il suo spirito annichilito corrispondesse al suo splendido corpo da regina del saba. Io la guardo danzare, nutrendomi della sua essenza e della sua perdizione.

DEDIZIONE

«Inizi pure da lì e usi le maniere forti. Deve infilarlo dentro per bene».

Poiché il ragazzo sembra non capire, Sandra avanza di qualche passo e gli ripete a gesti di scavare più in profondità, in modo da sversare nella buca una buona quantità di terriccio e infine mettere la pianta a dimora.

«Lo sa come ho fatto per acidificare il terreno? Con fondi di caffè e aghi di pino. È così che si ottiene un buon humus per queste piante».

Il ragazzo assottiglia gli occhi azzurrissimi e allarga le braccia, sorride impotente a tutte quelle parole e infine riprende la zappa.

«Tra un'ora vorrei completata almeno questa bordura di verbena e ibisco» aggiunge sempre gesticolando ma con un filo di voce, per niente perentoria, com'è nella sua natura. Rimane a guardare il giardiniere all'ombra del grande cappello di paglia e del ciliegio. Anche lui la guarda, poi si passa il dorso della mano sulla fronte tracciando sulla pelle arrossata una breve linea di terra. Le sorride vago e riprende a scavare.

Sandra torna sotto il porticato.

«Ma cosa gli parli di bordura e fondi di caffè e acidificazione…». L'uomo alto, scalzo, in kimono blu e panna, esce dalla portafinestra del salone e fa qualche passo tra i rampicanti esotici e i gelsomini, tra le campane che sotto il porticato suonano a ogni soffio d'aria. Non osando superare l'ombra, si ferma a margine del prato. Tira fuori dal taschino un pettine sottile e se lo passa tra i capelli lunghi e bianchi, ancora bagnati dopo la doccia. Assottiglia gli occhi per il fumo della sigaretta che tiene tra le labbra e dice: «Lo confondi, non vedi? Gli hai incasinato la testa».

Entrambi guardano il giovane.

«Idiota che sei». Sandra gli passa accanto, gli infila la mano tra i lembi del kimono, dà una strizzatina amichevole all'anziano attrezzo del marito e si rifugia in casa. Lui la raggiunge, la prende alle spalle e le lambisce i fianchi, il ventre piatto di ragazza. Sale su con una mano e si ferma su un seno giusto il tempo di constatare che sia ancora lì, le afferra il viso: «Guardalo bene, pensa che roba rozza ha sotto i pantaloni quello lì».

Il giovane atticciato e biondissimo, la bocca rossa come un'infiorescenza di *pentas lanceolata*, prende un vaso, gli dà un colpo secco ed estrae la pianta.

«Oh, ma che maniere forti» mugola l'uomo prima di allentare la morsa sulla mascella di Sandra.

«Poveretto. Vado a prendergli della limonata» fa lei. Invece resta nei pressi.

Stefano si guarda i polpastrelli. Chissà se anche Sandra lascia polvere argentata sulle dita, come le farfalle che catturava da bambino.

«Perché non gli offri del tè. O te…».

«E dai, smettila». Fa per divincolarsi ma poi adagia la testa sul suo petto. Sa di non avere scelta. Lo sa già da qualche giorno. Suo marito la guarda in modo diverso quando gli prende quella voglia, quasi con sospetto, come domandandosi se sia ancora lei la donna pronta a tutto che ha sposato, l'unica cui affiderebbe la propria esistenza, o se non sia anche lei un grossolano errore.

Infatti, insiste: «Quello è uno di poche parole, e se non parla, oltre che per mangiare e bere quella bella bocca dovrà pur servirgli a qualcosa, non credi? E poi è giovane, ha la testa libera, non ha da pensare a dipendenti, case, aziende, a conti esteri, investimenti. E guarda che spalle. E che culo. Cogli l'attimo, amore mio, dammi retta. Tra pochi anni si sposerà, metterà su famiglia – questi, lo sai, figliano come conigli – e ti ritroverai un giardiniere imbolsito, alcolista, e che per di più non capisce ancora un cazzo di quello che dici».

Sandra non risponde. La sua bocca però sorride, anche gli occhi, così grandi da brillare nell'ombra della casa, un villino nel cuore dei Parioli dove, dopo un lungo vagare per il mondo e in attesa della sempre più prossima morte, Stefano ha messo radici.

«Non te lo chiedo da un sacco di mesi. Dai, sii buona, accontentami».

La sua voce grave e incerta dà a Sandra la misura di quanto sforzo gli costi quella preghiera. Si stacca da lui e svolazza per il grande salone dal sapore etnico. Raggiunge le scale che portano al piano di sotto, dove al posto della tavernetta per famigliole ha voluto una zona relax con piccola palestra, vasca idromassaggio e sauna.

Lui la raggiunge con larghe falcate: «Chi ci sarà stasera?». In realtà non gliene frega niente di chi ci sarà a cena. È soltanto un modo come un altro per non lasciarla andare. Preso dall'impeto di una gioiosa trasgressione pomeridiana, l'afferra per il polso e la spinge contro il muro. La bacia con voracità: bocca, collo, bocca.

«Humm… dai, coniglietta, dimmi che ci saranno i milanesi con la loro spocchia da nuovi ricchi e con il loro amichetto inglese».

«Humm… ma certo che ci saranno… porco che sei, ma penso proprio che al bell'inglesino piaccia tu, non io».

«Te la sei rasata come ti ho chiesto?».

«Senti qui».

«Non lo perdi il vizio di girare senza mutande, eh, puttanella» e intanto l'accarezza per farla smaniare, affinché quel richiamo di femmina giovane e calda giunga in giardino, fino al ragazzo che vanga a petto nudo. Stefano ha nelle mani l'esperienza di mille donne.

«Lo sai che sono stata educata dalle suore». Emette un gridolino e fugge.

Stefano non le va dietro, scuote la testa sorridendo come per un tenero ricordo e alza le mani in segno di resa. È troppo vecchio per correre, troppo ricco per chiedere favori. «Ma non dovevi portare della limonata al poveretto lì fuori?».

«Portagliela tu, io ho da fare». E chiude la porta.

Strano, la sua dolce bambina è sempre accondiscendente. Per non guastarsi la serata decide di giustificarla con il fatto che quella non è la giornata adatta per una divagazione erotica, tra telefonate, messaggi, fornitori. Stasera avrà da competere con quei mostri di signore ospiti, adulte e affermate in tutto: carriera e figli, pronte a coglierla in fallo al primo errore così da farle pagare tutta la sua naturale bellezza, i capelli voluminosi e lucidi, la pelle fresca, tutta quella vita, ancora, davanti a sé.

Si dirige al mobile coloniale. Cammina sempre scalzo. Anche in inverno. Un'abitudine che ha preso durante le lunghe permanenze in Estremo Oriente e in Sudamerica, dove fino a pochi anni prima andava in cerca di buone speculazioni. Ogni rarità contenuta nel villino ha una storia, è legata a un paesaggio, a uno stato d'animo, a degli odori, a incontri straordinari e persone indimenticabili di cui Sandra è mortalmente gelosa.

Prende il «The Wall Street Journal» dal vassoio d'argento arricchito da altorilievi e pietre di Jaipur e va a sedersi in posizione di mezzo loto al centro del divano. Fischia, emette un suono lungo e acuto. I tre bracchi lo raggiungono festanti.

Sandra è stata l'unica a non fuggire davanti alle sue richieste. Perché il piacere, che è una miscela di calma apollinea e furore dionisiaco, lui riesce a raggiungerlo solo guardando l'oggetto del proprio amore che gode sotto le spinte pelviche di un altro uomo, meglio se sconosciuto, gregario. Questo tipo di godimento, a metà tra piacere e dolore, umiliazione e gratificazione, sta nell'idea che lei lo ami al punto da farsi scopare da un altro, nella dedizione che l'amante gli testimonia eseguendo gli ordini senza recriminare. Talvolta gli piace assistere non visto, dopo aver dato a Sandra, o al gregario, tutte le indicazioni, ma più spesso si mostra e conduce lì per lì: fai questo, mettiti così. Trova sia fondamentale chiarire subito che quella è roba sua, che lui ha deciso di darla in prestito e che non va sciupata, né rubata. Non è mai ricorso a rimedi estremi, sebbene qualcuno in passato abbia provato a portargliela via, perché Sandra rimarrà con lui per sempre. Perché lei sa quanto sia profondo quel tipo di amore, sebbene inconcepibile per i più.

Fu il suicidio del padre bello e geniale a fare della sua coniglietta una creatura in grado di amare senza condizioni. L'atteggiamento ancillare verso l'universo maschile l'aveva condotta in ambienti dove quella dote non soltanto è ben accolta, ma unico requisito per accedervi: case principesche nelle capitali europee – castelli, isole, yacht – popolate da gente piena di quattrini, incontentabile e incontenibile, alla perenne ricerca di emozioni, di avventure da poter raccontare, oscene, proibite. Aveva anche lavorato come donna tavolino in un club prive a Milano, dove aveva conosciuto un imprenditore italo-svizzero con il pallino per il sadomasochismo ma che non aveva ben capito la regola della consensualità, sebbene basilare nel sesso estremo come nella vita di tutti i giorni. Andò che come la letteraria Justine fuggì dal convento di padre Jérome, Sandra riuscì a schivare il pericolo e a ottenere divorzio più congruo assegno mensile per via di certi video e messaggi di minaccia, da lei custoditi nel Cloud e pronti per essere usati contro il sadico.

Quando Stefano la vide, Sandra sedeva sui gradini di San Luigi dei Francesi. Una gemma preziosa tra la frenesia insensata dell'umanità in corsa. Indossava pantaloni combat e canotta militare: seni minuti, muscoli delle braccia perfettamente disegnati, gambe infinite, le unghie dei piedi magri e lunghi da madonna orlate di nero. Una lordura così sorprendente che gli venne duro. Soltanto in seguito ricordò tutto, la bimbetta, la figlia del vignaiolo di suo nonno, nel Chianti, Annetta, che si faceva scortare da lui dietro un ulivo per fare la pipì, e la scoperta dell'impudicizia nel fiotto dorato tra quei piedini zozzi. Tra le ciocche bionde di Sandra, spettinate come al termine di un amplesso, Stefano intravide il viso lungo e signorile rallegrato da efelidi. Forse una turista in viaggio di nozze alla prima lite furiosa col marito in hotel, che ha raccattato due cose alla svelta prima di uscire, sbattendo la porta della camera e finendo di vestirsi lungo il corridoio. Sandra fu una visione frettolosa, come l'imbrunire che già lambiva il suo corpo statuario, accentuandone i contorni ma cancellando i particolari, fondendo la sua sagoma di ragazza infelice a quella della chiesa sullo sfondo.

«*Can I offer you the best coffee granita with cream in Rome?*» domandò quando la raggiunse, nella convinzione che fosse appunto straniera, una bellezza passeggera che lui avrebbe saputo intrattenere al ristorante e poi in un jazz club, così da rendersi indimenticabile, che avrebbe incantato con i suoi racconti di viaggi: sulle tracce di Gautama Buddha nel nord dell'India, a caccia di affari in Malesia, a New York per una mostra di una sua cara amica al MoMA.

Sandra ebbe bisogno di qualche attimo per mettere via i pensieri in cui era assorta e realizzare.

Si alzò. Sorrise al signorile sconosciuto, poi si spostò una ciocca bionda dietro l'orecchio vellutato e rise impacciata. Probabilmente era una modella. O una cestista. Bel culetto, constatò con gioia Stefano.

«Vediamo se è la stessa granita che dico io» lo sfidò sorridendo ancora ai sampietrini, smentendo così tutte le sue ipotesi.

Era romanissima. Forse una qualunquista dai gusti di sinistra, ipotizzò, ma anche una giovane donna impegnata sul serio, intelligente, figlia di famiglia colta, idealista, politicizzata, tutta gente abietta per Stefano, che pur di far quattrini si era sempre adattato a qualsiasi colore politico.

Camminarono in silenzio per via del Salvatore guardandosi reciprocamente a più riprese ma in tempi diversi, presero via della Dogana Vecchia e poi a sinistra per salita dei Crescenzi. Quella stessa notte, uno nella bocca dell'altro avrebbero parlato di quel senso di compiutezza e appagamento sentito già al primo sguardo, poi un'emozione intermittente e irregolare, un flusso vitale e caldissimo che partiva dal coccige per irradiarsi nel corpo e fuoriuscire dalle dita di mani e piedi. Una cosa pazzesca. Una di quelle cose che non hai altro modo per dire se non attraverso il più comune linguaggio degli amanti: ho sentito subito di appartenerti. Stefano ebbe la prova che la perfetta incarnazione dei propri sogni fosse esattamente lei, quando la vide dirigersi al tavolino all'angolo nel caffè al Pantheon e poi voltarsi verso di lui: «Posso sedermi?». Che sollievo, tra tante tritacazzi culturalmente informate ed economicamente autonome, oltre che automunite e dedite all'autoerotismo, che andavano sbandierando sui social la loro superiorità numerica e intellettiva sul maschio brutto e cattivo, lui, broker in pensione e stanco, rassegnato ormai a una morte senza amore, aveva incontrato l'unica donna cui non dovesse insegnare nulla.

Lei gli confermò di avere una solida educazione borghese appena usciti dal caffè, quando gli propose: «Ti va di venire a dare un'occhiata al mio buco a Trastevere?».

Stefano la sente arrivare annunciata dal suo profumo fresco, il respiro breve, eccitato. Abbassa il giornale e se la trova davanti su zoccoletti dal tacco vertiginoso, cavigliera, anelli alle dita dei piedi. È tutta verde e tintinnante come una puttanella in cinemascope, minigonna e top verde, cappello con visiera e un lezioso kit per giardinaggio contenuto in una borsetta anch'essa verde: Dio quanto è tutto splendidamente pornografico, travolgente.

«Poi dovremo assumere un altro giardiniere. È la regola, se non sbaglio» gli fa.

Stefano gonfia il petto, dà un sospiro profondo. E perché licenziarlo. In realtà non gli dispiacerebbe avere un tuttofare per casa. Un bodyguard. In ogni senso. Quello lì fuori, che chino sulla terra mostra dall'elastico dei boxer il solco oscuro, è ancora un ragazzo, potrebbe prenderlo sotto la sua protezione, farlo studiare. Stefano odia le ingiustizie sociali. Quantomeno ama fantasticare su cosa farebbe se non fosse lo speculatore che è, e si occupa a tempo perso di trovare un modo sicuro e vantaggioso dal punto di vista fiscale, per alleggerire il carico di rovine che certi traffici hanno causato nei Paesi più poveri, elargendo di tanto in tanto un po' di quattrini a fondazioni e istituti benefici. Perché sempre, tranne rarissime eccezioni, il meglio per qualcuno è il peggio per un altro.

«E perché dovremmo mandarlo via se servizievole e gentile – riprende sul filo di quei pensieri – e poi le regole esistono per essere infrante. No? Che dici coniglietta? Non siamo noi i padroni di tutto qui? E comunque è in prova. E il vecchio giardiniere potrebbe rimettersi e reclamare il posto. Non possiamo fare previsioni».

Le prende la mano liscissima, calda.

L'attira sul divano. La bacia.

Tanto trasporto significa per la coniglietta esaudire la sua richiesta. Eseguire significa non fallire. Non fallire presuppone l'obbligo di godere ma senza fingere perché lui lo capisce, anche a distanza, lo sa subito se mente e poi sta male. E poi la punisce condannandola a lunghe serate in solitaria mentre lui sta chiuso in studio, o durante i tre pasti consumati in silenzio, quando la sogguarderà critico da dietro le pagine di un giornale economico, con una punta di disincanto e un sentore di nostalgia, come valutando un oggetto certamente bello ma ormai inutile. Non la chiamerà più coniglietta; non la difenderà da sua madre, uccello del malaugurio, che si rifà viva per le feste comandate (e tra un po' è Ferragosto). Esaudire quel desiderio le garantirà il suo abbraccio ogni notte, l'amore incondizionato, quindi la sopravvivenza.

Ama tutto del suo marito vecchio, il fisico asciutto e nervoso, i capelli bianchi e profumati, la pelle sottilissima, per lo più glabra, liscissima, quasi trasparente come quella dei vampiri, le mani lunghe e sottili fiorite di vecchiaia. Ogni fiore tra le vene violacee è un ricordo, una donna lontana, una storia indimenticabile. È più intelligente che colto, curioso e di spirito. Ovunque è a proprio agio. E questo le appare come una specie di miracolo, giacché lei, afflitta da incurabile senso d'inadeguatezza, non ha mai saputo dove mettere le mani, chi salutare, quando parlare e cosa dire. Sandra è felice che ci sia qualcuno che decida e talvolta agisca per lei. E Stefano decide le sue amicizie, redige la sua agenda giornaliera dal menù della prima colazione alla tisana serale. Programma appuntamenti da parrucchiere, estetista, ginecologo, senologo, dentista, oculista. Anche l'acquisto di abiti e gioielli e biancheria è un compito del marito.

Per il resto è libera.

Certo, non può masturbarsi senza dirglielo, ma può scegliere tra lo yoga e la danza mediorientale, se trascorrere le vacanze su un atollo o in giro per città d'arte, quale film vedere.

Tanto trasporto, dunque, quegli occhi accesi e le labbra tremanti di Stefano, significano che adesso dovrà dare il meglio di sé.

Perciò Sandra si alza dal divano e si pianta di nuovo davanti a lui. Le gambe divaricate, il pube accentratore, rigonfio, perfettamente rasato tranne che al centro, una freccia di pelo bruno che sembra indicare proprio lì, senza alcun dubbio, perché l'ospite possa trovare la strada, giacché la fessura è viceversa timida, nascosta; le grandi labbra alle pendici del monte sorprendono prima al tatto che alla vista; la clitoride, viceversa, esuberante e forte delle sue ottomila terminazioni nervose, va in avanscoperta.

«Avanti, tesoro, dammi di che essere felice».

La donna si guarda attorno.

Lui l'anticipa: «Il filippino torna stasera per ricevere gli ospiti, gli altri sono a riposo fino alle diciotto. La cuoca è sorda e sta comunque appresso alle pentole. Siamo soli. E poi ci sono io, no? Non devi aver paura».

Sandra prende senza esitazioni il kit da giardinaggio.

Stefano la segue mentre esce in giardino. Si alza e si mette in ascolto, sente la sua inconfondibile risata afona, quindi si precipita nello studiolo, un ambiente tutto vetrate, un giardino d'inverno pieno di piante e di libri, arredato da due poltrone e, soprattutto, da dove si può scorgere ogni angolo del giardino: vede Sandra davanti al giardiniere, le gambe incrociate da ragazzina timida. Il ragazzo gli sembra instupidito. Ecco che abbandona la vanga, poi allarga le braccia e le lascia ricadere sui fianchi. Si dirige alla pompa dell'acqua, beve, si passa il tubo sulla testa bionda che poi scuote come ridestandosi da un brutto sogno. Si passa il tubo della pompa sul petto. Anche dorsali e addominali si contraggono sotto il getto d'acqua. Qualcos'altro, invece, e contro ogni legge della natura giacché si sa che il freddo rattrappisce, è visibilmente grosso sotto il jeans. Stefano lo vede attraverso il binocolo. Il ragazzo sembra anche meno bolso. Finalmente sorride e rivolge a Sandra alcune frasi nella sua lingua. Lei non capisce ma non importa, non è lì per parlare con lui. Gli va incontro, il passo breve e ondivago, le mani occupate dalla minuscola vanga, le dita accarezzano il manico: su e giù, giù e su; se lo porta alla bocca, la allarga, concupisce l'arnese e poi tira fuori la lingua e ci fa un po' di giri attorno.

Ora il ragazzone dovrebbe aver capito.

Ma lei, lei sapeva già che avrebbe fatto quella scenetta quando ha preso il kit da giardinaggio? E quindi, tre settimane prima, quando erano stati al centro commerciale, Sandra aveva acquistato quella roba pensando al nuovo giardiniere, o a lui? Però Stefano non può più farsi certe domande, non ora, ci penserà stanotte o domani o tra un mese a estorcerle una confessione. Quel dubbio, il sospetto che Sandra possa nutrire desideri in tutta autonomia, non è che l'opportunità perché tra loro la passione possa accendersi per i mesi a venire. Sarà tempesta durante le serate troppo quiete. Il cioccolatino che dimentichi nella tasca e ritrovi proprio quando hai bisogno di zuccheri.

E poi, il tizio là in giardino, ormai non ha più bisogno di preliminari. Già pulsa. Stringe i pugni e mostra i muscoli. Se si battesse il petto e facesse l'urlo della foresta, Stefano non si sorprenderebbe.

Il giardiniere spinge Sandra fino alla porta del capanno degli attrezzi grazie alla forza persuasiva del suo sguardo, che da lì, pur col binocolo, Stefano non riesce a vedere. Lei indietreggia – ha già gli occhi evanescenti, liquidi – segue il ritmo del bull che si fa avanti in un passo a due pieno di tensione. Il marito non si sorprenderebbe se si mettessero a ballare il tango, con tanto di accompagnamento musicale di un bandoneon ultraterreno.

E, d'altra parte, questo è per lui uno spettacolo degno di essere goduto nel giardino dell'Eden, più che dal girone infernale entro cui, secondo la morale comune, soggiornerà in eterno assieme a Sandra. Che cosa può esserci di più sublime di un uomo e una donna che si uniscono? In caso esistesse, Dio guarderebbe compiaciuto i due neo amanti, manifestandosi attraverso le sue creature terrestri: gruppi di lavande allietate da api, boccioli vermigli, fiori bianchi e fucsia delle bouganville, le ortensie all'ombra del monumentale ciliegio. Con il loro laborioso sciamare, nugoli d'insetti sovrastano a tratti il bandoneon divino e i sospiri dei due amanti.

Spalle al muro, Sandra solleva la gamba, cinge il fianco del giardiniere e lo conduce a sé. Quello sfodera l'arnese già pronto, gocciolante come le foglie del banano al margine del giardino.

Ma Sandra cerca lui (il suo regista, il suo protettore, il suo guru) spinge lo sguardo oltre le siepi di mirto. Sorride al baluginio delle lenti del binocolo: lo immagina che gode per la sua dedizione, per l'inaspettato intermezzo carnale che gli sta offrendo. Si toglie il ragazzo di dosso, s'inginocchia e si fa riempire la bocca, alza gli occhi luminosi verso la casa: sono sufficientemente brava? Ti piaccio abbastanza?

Non c'è amore più profondo per lei che quella distanza complice, non c'è legame più stretto che l'invisibile catena che la tiene legata al suo desiderio. Adesso Sandra si sente la donna più bella del mondo, la più forte. Si sente una dea, finalmente all'altezza degli ospiti di stasera. È piena di energia come dopo un buon tiro di coca accompagnato da cioccolata amara e bourbon «humm...» e lo sente proprio forte quel gusto nella bocca.

A Stefano quelle digressioni fanno lo stesso effetto di una brutta caduta sull'asfalto, di una testata sul cemento, di una brusca frenata ad alta velocità sul bagnato. Ma è bellissimo. Ed è solo così che funziona. Ha vissuto troppo pericolosamente per accontentarsi di più ordinarie situazioni. L'adrenalina gli era salita già dal mattino, quando il filippino gli aveva comunicato che nel primo pomeriggio sarebbe tornato il sostituto del vecchio giardiniere ancora in malattia, il giovane straniero aitante ma tutt'altro che esperto. Ed eccolo, l'incapace giardiniere, che respira affannosamente sulla schiena abbronzata di sua moglie, che si spinge fino a baciarla con foga, a carezzarle il viso e i capelli con le sue mani rudi.

La cena sarà un successo.

Il giardiniere non sarà riconfermato.

Stefano farà una cospicua donazione a un orfanotrofio in Romania.

SEGRETI

Come ogni sabato la coppia ha da stornare la solita lista della spesa formato famiglia.

Annalisa siede sul sedile passeggero. Quarantadue anni, mora, sguardo deciso, sorriso infantile, fossette, mediamente altra, mediamente graziosa, nessun tratto che rimanga impresso, ex cantante pop diplomata in canto lirico, convertita obtorto collo all'insegnamento della musica nelle scuole medie e perciò intristita; Tonino, nella media anche lui ma più bello di lei, tratti regolari, naso dritto, sottile, bocca grande e morbida, sorriso bianchissimo, ex calciatore semiprofessionista, proprietario di una scuola guida sulla Casilina e intestatario, assieme alla moglie, del mutuo di trent'anni sull'appartamento in via dei Glicini, un sesto piano luminosissimo che, oltre la splendida esposizione a sud con vista sul parco di Centocelle, vanta due bagni, di cui, quello di servizio, assai caro ad Annalisa.

Sul sedile posteriore della familiare blu metallizzato ci sono Edo e Mattia, rispettivamente nove e dodici anni, educati ma vivaci, e Asso, meticcio sagace di taglia media.

Più che una famiglia, i quattro sono una banda. Una banda di risparmiatori patologici, di cacciatori di offerte speciali, di 3x2, di fuori tutto e buoni sconto. Ci sono coppie che il venerdì sera vanno al cinema o a cena da amici e coppie che trascorrono la serata con pizza da asporto e lista della spesa. Edo e Mattia fanno da navigatori occupandosi di ordinare i volantini degli ipermercati seguendo le mappe di Google, così da ottimizzare tempo e benzina. Di solito quando il carico della spesa non è pesante, Tonino resta in auto per risparmiare il tempo del parcheggio. Nel frattempo segue corsi motivazionali per piccoli imprenditori.

Ma non quel pomeriggio.

«Tesò mi sa tanto che da qui te ne esci carica come mì cugina quando aspettava i tre gemelli». E spegne la radio su una canzone di Vasco.

Lì per lì, nel trambusto della distribuzione delle liste, delle sporte ecologiche e dei compiti: tu ai casalinghi, tu al pane, tu alle crocchette per Asso eccetera, la donna non nota che Tonino si è acchittato tutto, sbarbato e rasato sulle tempie, il ciuffo sbarazzino finalmente accorciato, un jeans che non gli ha mai visto e che gli evidenzia il culo. Annalisa lo vede dopo, mentre lui le dà le spalle, al banco dei formaggi, quando con il carrello già pieno lascia gli scaffali della pasta e va verso il banco della panetteria. Lo nota per l'interesse con cui lo guarda una buzzicona che gli sta proprio alle spalle. E le scarpe che si è messo! Anche quelle, nuove.

Soltanto quando chiamano dal banco del pane il suo numero, Annalisa riesce a distogliere lo sguardo dal marito e dalla tizia che, con la scusa di voler guardare le specialità gastronomiche, gli sta più addosso e gli parla e ride. La stronza.

Rivolto un pensiero a zia Annina, operaia alla Mira Lanza a Marconi morta a soli trent'anni, schiacciata dalla fatica e dai fumi tossici, ricordo terrificate che da quando è bambina riesce a riportarla al proprio stato di benessere e a sopire qualsiasi malumore, Annalisa si concentra sul pane per la settimana e quello da stipare nel pozzetto.

Il pozzetto, surgelatore dalle grandi prestazioni e dai piccoli consumi, che hanno sistemato in cantina tra le scorte di alimentari e il deumidificatore. Il pozzetto, la cantina, le cose. Status symbol, certezze di sopravvivenza anche a una guerra, ordinatissimo deposito di ricordi e di cose «che ponno sempre servì».

Edo e Mattia raggiungono i genitori facendo il solito chiasso da ragazzini lasciati liberi e fermano il cronometro. «Vittoria! Vittoria!».

«Mi avete fregato per un secondo» Tonino, subito dietro Annalisa.

«Veramente sono io che ho vinto». La madre sventola sotto i loro occhi lo scontrino sulla busta del pane.

I bambini s'immusoniscono.

Tonino la guarda con sospetto, si passa due dita sul mento e controlla la lista della spesa. Mostrandole il foglio le dà un buffetto sul braccio carnoso: «E no, bella, mancano peperoni e zucchine, ah, e melanzane e pomodori. L'ultima peperonata, ce l'hai promessa. E tu m'insegni che la parola data non va tradita. O no?». Si china per allacciare le scarpe a Edo e continua, senza guardarla, a tirar fuori aneddoti, allegorie casarecce che insegnino ai figli quello che si può fare e quello che no, a stare dalla parte delle persone oneste, che se promettono mantengono. Ha una voce lieve, ragazzina, che ride; la nuca nuda ancora abbronzata.

Ma lei non lo ascolta, si domanda da quanto tempo non gliela stringe più quella bella nuca, per reggersi meglio mentre con le gambe lambisce il suo bacino stretto, per sentirlo più dentro, mentre lui spinge, aggrotta la fronte, serra i denti e s'inoltra in lei, mugola forte, getta indietro la testa, si scioglie in un sorriso stupefatto. Da quanto tempo?

Tonino, in effetti, è sempre abbronzato. Gioca a calcio, corre ogni mattina, vero. Ma soprattutto sta in autoscuola, e quando non c'è gente se ne sta di fuori a prendere aria, dice lui, «a fa' dù chiacchiere» con la commessa del pet shop accanto, trentenne alternativa dal sapore speziato d'Oriente, sorriso malizioso e idee pacifiste, o con il peruviano sessantenne proprietario dell'autolavaggio, con Irina, soprattutto, quarantenne moldava e single, tatuata e tigrata, proprietaria della lavanderia e perfetta incarnazione, nella mente di Annalisa e delle amiche di Annalisa, di una infoiata professionista del sesso.

«Allora, Annalì, chi è che ha vinto?» le domanda rialzandosi, privando la moglie della vista della sua nuca ma presentandogliene un'altra: spalle che sono spalle, petto spazioso che ci potresti organizzare una partita a Subbuteo, proprio come quello che lei sogna di baciare mentre gode tra tazza e bidet un giorno sì e l'altro pure, mentre di là in cameretta i bambini sono a fare i compiti e Asso sonnecchia, e lei proprio non ha più voglia di ascoltare musica che non canterà mai, di mettere le mani sul pianoforte che sta lì a prendere polvere, sulla chitarra che la guarda incredula. Due dita di Martini e via, a sognare una vita di luci e canzoni che non avrà più. Due mandate alla porta del bagno e si parte, nel bagnetto di servizio tra scopettone e detersivi ma lontana da tutto, finalmente nei panni di una immaginaria milf infoiata come quelle che vede su Twitter, e che invidia, capaci di selfarsi le tette, ancora in pigiama di pile, un attimo dopo che il marito è uscito da casa. Quando sta rinchiusa lì dentro nemmeno pensa mai alle spalle di Tonino, alla sua nuca, al suo bel culo. Il tempo dell'innamoramento che le fece abbandonare ogni ambizione le pare così distante... Annalisa ha altri mezzi, adesso, per essere felice: inverno marittimo in stanza di hotel zona costiera. Ischia, Capri. Rimini interno giorno, paesaggio livido nella furia dell'amplesso con turista biondo appena conosciuto, bello e con cazzo gigante, com'è giusto che sia nei sogni; vicolo del sud, uno dei tanti che Annalisa toccava soprattutto d'estate quando girava con la band per i villaggi turistici, maschio e greve, odore di pomodoro e basilico sulle dita e anche sul suo arnese.

Questi e altri sono adesso i suoi amanti segreti.

«Ok, va bene, va bene... avete vinto voi!». Annalisa tira a sé bambini e li stringe forte, gli incasina i riccioli bruni e se li mangia di baci.

«Dai, corro a prendere la roba per la peperonata e poi andiamo per saldi in quel negozio di sport».

I figli seguono increduli l'indice materno.

Tonino lascia i ragazzi in fila alla cassa e raggiunge la moglie nel reparto ortofrutta. Le sta alla larga ma Annalisa avverte la sua presenza, anzi, mentre accarezza le zucchine dalla pelle spinosa, sente che i pensieri di suo marito producono un suono insolito, dissonante rispetto al quotidiano regolare, all'uno e zero del suo umore pacato, che accoglie senza scomporsi le naturali digressioni e i picchi dell'indole creativa, troppo spesso rabbiosa, frustrata, che si manifestano in lei. È lei che improvvisa, di solito. Invece, Tonino, che è la certezza di una ritmica ben affiatata per un tour con poche prove, ora si mette a scombinare l'ordine perfetto della loro unione per seguirla. La guarda con la coda dell'occhio, a distanza, fingendosi occupatissimo con l'etichetta del mais sottovuoto. È un mucchio di tempo che non la fissa a quel modo, facendosi scudo con il ciuffo, lo sguardo indagatore che gli vide il primo giorno, quando tra una risata e l'altra, dopo una sua serata a Olbia, saputo che era di Roma si mise a sondare: dove vivi, chi sei, con chi stai. E poi non la lasciò più.

Quando Tonino si passa una mano tra i capelli, Annalisa afferra una melanzana bella grossa e qualcosa di caldo inumidisce i suoi slip. Non lo guarda. E non guarda neppure la melanzana, si nasconde dietro un anziano atticciato e indeciso tra cavolfiore giallo o viola. Piena di vergogna afferra altre tre melanzane, lisce e setose, dure e al contempo morbide: hummm…

Quando l'anziano si sposta, Tonino non c'è più.

Ansiosa, come se fosse sparito a causa di quel suo pensiero lurido e di tutti i pensieri luridi che riserva ogni giorno a uno dei suoi amanti immaginari, getta la verdura nel carrello e corre verso le casse. Ma neanche lì lo vede. Basta, non lo farà più, non si chiuderà più nel bagno di servizio con quei pensieri osceni. Ah, eccolo, finalmente, che raggiunge i bambini dal reparto alcolici e che alza il braccio verso di lei per avere il suo assenso a quella bottiglia di rum. Si sfila il giubbotto mostrando a tutti il suo petto sportivo: indossa il maglione rosso. Rosso autunno, rosso passione, rosso che le piace tanto perché mette in risalto i suoi colori castani, la pelle scura di chi va a correre ogni giorno sotto il sole. Di chi trascorre ogni momento libero sul muretto che separa l'autoscuola dalla lavanderia della moldava tigrata.

Sì, la tradisce. O con una o con l'altra. O la pantera o la gazzella. Forse tutte e due. Altrimenti perché quella nota chiarissima di eau de toilette Versace? E come mai lei non lo ha notato prima questo cambiamento, prima, in auto, ma forse anche ieri, o un mese fa! E mentre ansiosamente pensa a tutto questo, ordina con calma e massimo raziocinio i prodotti sul tapis roulant aiutata da Mattia, di tanto in tanto sorride vagamente a Tonino laggiù, che è già pronto per imbustare assieme a Edo.

Presto anche le cassiere saranno sostituite, divaga nella speranza di scacciare dalla mente l'immagine di Tonino tra le gambe di un'altra, ha già visto molti supermercati inserire le casse fai da te. E quella poveretta dai capelli blu se ne sta lì a leggere codici, sorridente e del tutto ignara del proprio destino di disoccupata. Proprio come lei che impila prodotti e scherza con Mattia, mentre lui sta per lasciarla. Perché Tonino di solito esce come sta in casa a fare spese il sabato, dopo una settimana di lavoro. Non con quelle scarpe e il jeans nuovo, con quel sorriso sfacciato che non ricorda più.

«Ci vediamo qui ai camerini fitness donna tra quaranta minuti esatti. Tu stai lontano dalle scarpe e tu dai palloni». Schiocca un bacio su ogni fronte e lascia Tonino con un sorriso rassicurante. Si dirige con assoluta convinzione al reparto tempo libero e yoga. Prova a concentrarsi, a questo punto vorrebbe una tuta da casa però sexy e che però non evidenzi gli eccessi dell'estate, tra arrosticini, processioni e birra, non fosse bastato l'acidulo vino alla mescita e i Martini.

Si guarda. Gli occhi sono sempre quelli. Anche i capelli che porta sempre lunghi, per lo più legati a quello che c'è a portata di mano. Sì, complessivamente sciatta: però che specchi di merda. E la luce, che inaridirebbe l'orgoglio di qualsiasi donna.

O, forse, si è veramente inchiattita. E invece lei, nei suoi sogni, ha ancora vent'anni.

Distoglie lo sguardo critico. Tocca, sniffa, tira via dalla stampella, esamina, etichetta, confronta. Troppe cose tutte in serie, tutte nere, troppo strette. Troppa ansia. Troppa gente. Troppa musica. Troppo rumore.

«Prova questo, Regginé». Tonino, dietro di lei con alcuni capi sul braccio.

Annalisa sobbalza e poi ride. Poi si domanda da quant'è che non la chiama più così, come la canzone di Baglioni che le chiese di cantare sotto la luna. Ma sì, certo, alcuni si fingono gentili prima di dirti che c'hanno un'altra. Indorano la pillola. Si sentono in colpa. Lo fa anche lei ogni volta che due dita di Martini e via, e poi gli cucina i saltimbocca o gli straccetti, o l'orata all'acqua pazza, spesso la torta di mele.

«Provala con questa maglia». Tonino la sospinge nel camerino. «Inizia a spogliarti che ho visto un paio di altre cose giuste per te».

Troppo attento, sollecito. Quante volte lo ha letto e sentito? E le amiche? Non gliel'hanno raccontato anche loro?

«Guarda cosa ho trovato».

Annalisa prova a fermarlo: «Dai, esci, c'è gente, Tonì».

«Che fai, ti vergogni?».

«No, Tonì, è che… e poi i bambini… insomma, non si fa». Invece si vergogna.

Lui l'aiuta, ma non con la foga di chi ha intenzioni diverse da quella di far scivolare il tessuto nuovo sulla sua pelle lentigginosa e pallida, leggermente rorida vista la situazione imbarazzante.

«Stai bene, sì…» guardandola nello specchio. «Guardati».

Adesso però ha un tono perentorio. Anche la sua espressione è cambiata. Ha messo via quella candida e ragazzina e stringe mascelle e occhi.

Annalisa è a disagio. È troppo tempo che si sogna in un altro corpo, con un'altra testa, nella vita di una che non è lei, che ha il coraggio di affrontare quell'infelicità e decide se lasciarlo e farla finita o restare e amarlo. Il sesso è più difficile quando è così, quando sei a tu per tu con uno che hai sposato ma di cui non senti più l'odore, proprio come un profumo che ti piace tanto, l'altro con cui ti devi aprire, per davvero; è difficile smettere di essere solo pensiero e diventare corpo, e poi nemmeno più corpo ma soltanto vibrazione e assoluto.

Il marito però non smette, le passa la mano sulla nuca e poi gliela stringe, una forza intensa, rude. Il suo respiro, mentre la guarda come rapito da uno spettacolo sorprendente, si è fatto più rapido. Si passa la lingua sulle labbra: «Baciami, Regginé».

Dove l'ha tenuta nascosta tutta questa foga e questa lingua in questi sei anni, in sostanza dalla nascita di Mattia, anzi dal suo concepimento. Forse l'ha esercitata altrove quella lingua sfrontata che cerca i suoi materni capezzoli attraverso la maglia in prova? E anche le mani, che s'inabissano con rapace velocità nel tessuto morbido, facendosi largo, e le dita, dove hanno imparato tanta scioltezza e intuito, loro che provvedono a eliminare ostacoli e spostano lo slip già fradicio e carezzano, titillano, esplorano.

Infine, la donna astinente e del tutto priva di autostima schizza sulle falangi e sulla mano di Tonino.

«Io lo so dove tieni il vibratore, il lubrificante, gli anelli, i plug». E la trafigge dove non ha mai osato.

«Perché lo fai anche qui, vero, quando stai da sola?».

Poi si stacca da lei, s'infila il medio saporito nella bocca con la stessa voracità che se lo avesse immerso nella panna.

Annalisa si riveste. Ha bisogno di più tempo. E poi deve pensare.

Lui l'anticipa. Prima di uscire, però, la bacia teneramente. Lo sente far baccano con i bambini. Ha trovato finalmente una tuta comoda e sicuramente sexy e ha scoperto che lui non ha altre relazioni.

Farà sparire subito quella roba. Dal cesto della biancheria.

STANZE INVIOLABILI

Passo le mani sulla seta della camicia e finisco inevitabilmente sul suo petto spazioso. Non ha inserito imbottiture nel reggiseno per cui non capisco, tra mascoline asperità e cicatrici, dove finisce la stoffa e dove comincia lui, la sua pelle che è la stessa di sempre sebbene oggi mi appaia sconosciuta. Anche questa stanza, la stanza da letto dove mille volte ci siamo promessi eterna fedeltà, mi pare di vederla per la prima volta sebbene conosca alla perfezione la provenienza di ogni mobile e oggetto, delle tende ricamate, del copriletto, delle abatjour lungamente cercate, trovate e restaurate, di quel quadro, una marina luminosa che scovai in un piccolo negozio durante un viaggio in Provenza e Carlo corse a comprare sotto una pioggia scrosciante. Questa stanza mi era estranea forse perché sua complice e non mia, sua silenziosa confidente, non mia, che l'aveva accolto senza giudicarlo e protetto dai miei sguardi, tenendomi nascosti i suoi feticci: calze, reggicalze, gonne, abiti luccicanti, scarpe dal tacco vertiginoso. Mi era estranea e forse anche nemica perché aveva vegliato su di lui in mia vece.

Mi affaccio sulla sua spalla massiccia e lo vedo riflesso nello specchio. Il suo bel culo, stretto nella gonna appena sotto il ginocchio, come si addice a una signora, taglio classico, brevi spacchi sui lati, m'ispira un mugolio pieno di prospettive rosee. Carlo mi sente e rilassa finalmente le spalle, forse sollevato dalla paura del mio giudizio e del proprio castigo. Così non posso far altro che salire con una mano fino alla sua spalla e poi scivolare giù sulla schiena, superando dossi e piccoli inciampi, avvallamenti e impervie pieghe del tessuto: la plissettatura della camicia, la rigida chiusura del reggiseno, l'orlo superiore della gonna, la cintura sottile. Dopo il punto vita seguo la scanalatura algida della cerniera e mi fermo, sosto sul suo culo il tempo di farmi coraggio, apro la mano e lo tasto, stringendo energicamente e rilasciando la carne, più che altro muscolo, proprio come lui fa con me, come credo ogni uomo faccia con ogni donna, magari sulla porta di casa salutandola al mattino o ritrovandola a sera, mentre la cinge in vita con un mezzo abbraccio possessivo e con l'altra mano, con il dorso affilato o con le dita, traccia un paio di volte il solco tra la sua (la mia) carne, per fermarsi come un rabdomante sul punto esatto della voragine libertina. La stoffa della gonna è l'inevitabile ostacolo. Così m'ingegno altrimenti. Allontano la mano quel tanto che basta a farlo sobbalzare con una pacca sfacciata, ispirata sempre da lui e da quelli prima di lui, che trattavano il mio didietro come roba propria e con mio enorme piacere.

Ma no, non posso, non si fa. Non è giusto. Richiamo all'ordine la ragione. Provo a raffreddare i bollori insinuando nella mia mente terrifici dubbi e un roboante: non fare il maschio se non vuoi scoprire che è frocio.

Riporto la mano sulla sua schiena bollente.

No, non voglio scoprire se è frocio. Carlo è ciò che ho sempre voluto. Non voglio sapere se si è vestito così per andare a Monte Caprino in cerca di maschi. Non ora e non stasera. Sebbene per lui questo sia un momento solenne, la resa al dato di fatto. Ma non la mia. Perché finché non la dici, non la riveli al mondo, quella cosa inconfessabile non è vera, non esiste, non c'è. Come quando tenni nascosto a tutti, per prima a me stessa, che il mio ex era un alcolista e picchiava duro, e che ai miei primi successi aveva iniziato a picchiare ancora più duro, intenzionalmente e con cattiveria, e quelle botte, quei lividi, le umiliazioni, gli stupri, che covava tutto il giorno per sfogarsi a sera, mi parvero reali soltanto quando fui costretta su una barella in ambulanza, incalzata da una giovane poliziotta dallo sguardo commosso. E mentre parlavo, mi parve che a dire quelle parole fosse un'altra, mentre io osservavo atterrita l'orlo del precipizio da cui neppure quella verità mi avrebbe salvata. Ero estranea a me stessa come ora mi è estraneo mio marito.

Ausculto il suo cuore stanco di bugie, sento battere furiosamente il caos che c'è dentro. Sul mio pube, invece, percepisco la felicità di mio marito per essere stato scoperto in flagrante.

Chissà quante volte questa vergognosa ipotesi l'avrà sfiorato, mentre metteva in bell'ordine sul nostro letto i suoi oggetti del piacere. Io che rientro in anticipo da un viaggio di lavoro e lo vedo nella sua cabina armadio alle prese con un reggicalze nuovo, in sottofondo il rock melodico dei Dire Straits, nell'aria odore di abiti appena usciti dalla boutique, di pelle mai usata, quella delle Louboutin che ha ai piedi e che vedemmo assieme in piazza San Lorenzo in Lucina: «Son troppo vistose per me», gli dissi rivolgendo lo sguardo ai miei severi mocassini per donna troppo alta. «Io le trovo spettacolari» di rimando lui, allargando gli occhi verso la vetrina.

Forse, la sua felicità nel vedermi rientrare inaspettatamente, oggi, non era amore. E non è amore, né attrazione, neppure la carne che sento battere sul mio pube. Credo si tratti più semplicemente della felicità per averla scampata e non essersi dovuto difendere dalle mie accuse, dai pianti, delle urla muliebri davanti al tradimento così poeticamente celebrate dal *Kama Sutra* che Carlo tiene sul comodino, e che leggiamo per ridere, dopo aver fatto sesso.

In tutti questi anni avrà pensato a me come una limitazione, una nemica che da un momento all'altro, scoprendolo, avrebbe potuto mettere un freno a quella sua romantica inclinazione, quella di andare in giro a cercare abiti, indossarli, e farsi una sega davanti allo specchio.

Ma Carlo mi conosce, sa quanto io sia poco incline alle scenate, così orgogliosa che preferirei schiattare in corpo piuttosto che piangere in pubblico, impallidire o peggio incendiarmi tutta. Forse perché quando piangevo mia nonna mi minacciava con l'indice e sottovoce per non farsi sentire da mia madre diceva: «Così fanno le donnicciole, non le signore». Lui sa che di fronte a una cosa come questa, diciamo inaspettata e non priva di lati oscuri, potrei tutt'al più proporgli una lunga serie di sedute di terapia di coppia e intere nottate a sviscerare la questione. Sono un'esperta in *problem solving* in grado di affrontare e discutere e battagliare per delle ore fino a uscirne vincitrice. E Carlo lo sa. Anzi, credo sia stato per questo che mi ha sposato. Sempre in viaggio, assorbita dalle responsabilità, dalle cene aziendali, dalle amiche, da tutte le cose che voglio conoscere. Anche lui è un inquieto. È creativo, irascibile, ombroso, avaro di parole, caratteristica che lo rende ancora più virile, almeno ai miei occhi e a quelli delle mie amiche. Se non avesse scelto di fare quattrini con la pubblicità, sarebbe stato un pittore tormentato, o un attore.

Con la lingua perlustro la sua bocca che è ogni volta più gustosa, come avesse appena bevuto nettare degli dei. O forse è questo il sapore dei segreti svelati. I suoi baci sono sorprendenti. Alterna ruvidi attimi di trasporto durante i quali penso che potrebbe accadere di tutto – anche che lui si stacchi da me e se ne vada –, a brevi tocchi di lingua appuntita, a lunghe e setose carezze, a schiocchi infantili e a morsetti. Non trascura nulla dell'umida cavità. Respira bollente nella mia bocca, nell'orecchio, sul collo, si ferma a lungo nell'incavo della spalla. Sa ancora di dopobarba, della lunga giornata di lavoro, di mensa aziendale, distinguo la sigaretta fumata sul balcone qui a casa, probabilmente assieme alla birra che vedo sul comò accanto alla foto del nostro matrimonio, prima di compiere il rito della vestizione; per ultima, arriva la nota acidula della vergogna.

Ma le sue mani mi cercano come quelle di un uomo cercano una donna, con l'impellenza di saziarsi. E nonostante il vistoso bottone perlaceo sul polsino della sua camicia di seta, o forse proprio perciò, mi eccito.

Stavolta non mi censuro. Ci sta. Tra l'altro lui mi vuole. Non ha detto: no; non voglio; lasciami.

Stacco una mano dall'abbraccio e scendo fino al suo iperattivo compagno di vita. Lo saluto passandoci sopra il palmo ben disteso, imprimendo la forza della voglia adulta e femmina. Quello risponde entusiasta che l'abbia trovato nonostante il travestimento, sotto il tessuto della gonna, grato che non abbia ceduto a un pensiero precostituito, a una sovrastruttura mentale del cazzo, quelle con cui mia nonna mi ha riempito la testa mentre mia madre tampinava papà che la tradiva, e poi smaniava, e piangeva.

Scendo più giù e sfioro la seta delle calze. Sono anni che cerco delle calze così. Gli domanderò dove le ha trovate. All'idea di questa sensuale complicità mi bagno e mugolo.

È così terribilmente perverso tutto questo, così dissacrante.

Non resisto e m'insinuo e risalgo sotto la gonna fino all'umidore della sua pelle rorida, la peluria delle cosce qua e là disboscata da quarant'anni di pantaloni. Finalmente lo trovo, sotto lo slip aderente di un bel pizzo elastico, è caldo, umido, tozzo.

Carlo mi vuole perché non ho riso dei suoi polpacci da sportivo nelle calze nere, piuttosto ho apprezzato le caviglie sottili, il culo alto, la schiena dritta e fiera, il collo sottile. Non mi sono soffermata neppure un secondo sull'aspetto ridicolo della faccenda. Ho soltanto pensato a quanto sia elegante, a come riesca a stare a proprio agio in quelle scarpe tacco dodici.

Chissà da quanti anni le indossa. Forse sin da bambino. Come me con le scarpe di mamma. Qualcuno sorprendendolo lo avrà sgridato. Uno zio fascista e omofobo. Forse proprio sua madre, la defunta signora Giovanna che adesso mi guarda elegantissima dalla cornice sul comò. Poi avrà capito, povero amore mio, si sarà rassegnato all'ingiustizia di una società che permette a una donna di indossare quotidianamente abiti maschili, sebbene con qualche resistenza, come Katherine Hepburn, androgina diva hollywoodiana che a nove anni si faceva chiamare Jimmy e non ha mai rinunciato ai pantaloni, ma lui no. Per un certo tempo, liceo, università, non ci avrà più pensato a quanto gli piacesse sentire sulla pelle la biancheria di sua madre, la *crepe di chine* delle camicie da notte, nel naso il profumo di lana e donna della sua *lieseuse*. Poi, un giorno per caso, magari guardando nei miei armadi, avrà ceduto al desiderio d'infilarsi qualcosa.

Mi passano per la mente le migliaia di volte in cui siamo andati in giro a far compere, la sua insistenza nel volermi assistere.

Sono umida e fremo da una settimana, da quando ho deciso che avrei messo fine ai miei dubbi e ai suoi tormenti e che l'avrei sorpreso, che per il suo sessantesimo compleanno gli avrei fatto questo regalo, tutto il mio amore e la mia complicità, oltre la Montegrappa collezione Harry Potter che ho in borsa.

Con sentimento di gratitudine faccio un po' di su e giù con il dorso della mano sul suo cazzo che pulsa al minimo tocco di dita. Meraviglia: sento anche il suo slip da donna inumidirsi.

Carlo lascia ricadere la testa all'indietro e mugola i soliti eccitantissimi e sempre di moda: «Sì, così, bravissima».

Dio, che voglia. Scendo sul suo petto, infine abbraccio le sue ginocchia, appoggio il viso sulla seta delle calze, sento il bollore della sua carne, alzo la gonna, gli abbasso lo slip e gli separo le cosce. Lo libero dall'angusta prigione dove mio marito l'ha rinchiuso.

A quarant'anni bisognerebbe sapere che non si fanno sorprese al proprio coniuge. Al compagno, all'amante. Perché anche gli amanti devono avere i loro segreti. Farsi altre storie. Le sorprese non si fanno. Mai. Perché è giusto avere segreti. È sano e vitale trasgredire. Ma per farlo bisogna che si possieda una stanza tutta per sé, dove nessuno possa entrare e mettersi a frugare nei cassetti che custodiscono segreti passati e presenti. O intimo femminile. Non si tratta di bugie ma di aspetti di noi che non vogliamo svelare a nessuno né tantomeno condividerli. Che si tratti di manie, fobie, incubi, sogni. Desideri. Se ci masturbiamo, quando e dove. A cosa pensiamo. È un cassetto che nessuno deve aprire. C'è sempre bisogno di un posto soltanto nostro, un luogo che vogliamo esplorare da soli o che non esploreremo ma sappiamo che c'è, è lì da qualche parte e può darci riparo.

Ero entrata nella stanza di Carlo senza nemmeno bussare. La mia presenza inattesa aveva infranto lo specchio che quel giorno, per il suo sessantesimo compleanno, doveva riflettere lui e lui soltanto, vestito come me quando ho consiglio di amministrazione, o quando gioco a tennis. Ah, sì, perché fu proprio un gonnellino da tennis, il suo candido orlo bianco definito da due linee rosse che sbucava da una giacca di fresco lana rigorosamente scura, ad aver attratto il mio sguardo una settimana prima. Aveva sbadatamente lasciata aperta la porta della sua ordinatissima cabina armadio. Vedendo quel capo così lezioso, pensai appartenesse alla sua unica figlia nata dal primo matrimonio. Invece trovai altra roba, discretamente mimetizzata tra le giacche, i boxer. In effetti chi è che non nasconde dei segreti nell'armadio: nel mio c'è sempre stata una scatola con le lettere e le email d'amore ricevute negli anni e mai spedite, vaselina e sex toy.

Nonostante avessi violato la sua zona oscura, quella serata fu sorprendente. Ogni cosa sembrava preludere al coronamento di un sogno d'amore. A una vera unione.

Carlo mi afferrò il viso e mi guardò con occhi infuocati. Ha occhi sottili e azzurrissimi. Mi baciò mentre si liberava furiosamente della camicia. Tentai di slacciargli il reggiseno ma me lo impedì. Se lo sfilò virilmente dalla testa e mi restituì i suoi pettorali. Facemmo l'amore a lungo, senza parlare. Lui dentro di me e io che mi apro e lo accolgo, i nostri respiri all'unisono e i nostri pensieri confusi: io sono te, tu sei me e non abbiamo fine. Dopo, mentre la notte d'estate muoveva le tende, trasgredimmo ancora e fumammo una sigaretta in due. Sempre a letto come due amanti felici sorseggiammo del vino, divagammo su vacanze, lavoro, libri.

Quando uscii dal bagno, gli abiti da donna erano spariti.

Andammo a cena e compimmo i nostri riti da innamorati. Assieme al dolce ebbe anche il regalo, la penna che mancava alla sua collezione e di cui fu felicissimo. Ci spostammo in un locale di musica dal vivo e lì facemmo l'amore con gli occhi.

Fu tumultuoso ma anche dolcissimo. L'addio più straziante che abbia mai vissuto.

Non ci lasciammo subito. Semplicemente io non avevo più domandato e lui non ne aveva più parlato.

Non siamo neanche rimasti amici. Perché anche gli amici hanno le loro stanze segrete.

INDICE

Printed by Amazon Italia Logistica S.r.l.
Torrazza Piemonte (TO), Italy

53763802R00109